히가시노

東野圭吾

일본 추리소설계를 대표하는 최고의 베스트셀러 작가. 대학에서 전기공학을 전공하고 엔지니어로 일하다가 1985년 『방과 후』로 제31회 에도가와란포상을 수상하면서 전업 작가의 길로 들어섰다. 이후, 이과적 지식을 바탕으로 기발한 트릭과 반전이 빛나는 본격 추리소설부터 서스펜스, 미스터리 색채가 강한 판타지 소설에 이르기까지 폭넓은 장르의 작품들을 꾸준히 발표해왔다. 이 중 상당수의 작품이 영화와 텔레비전 드라마로 제작되어 큰 사랑을 받았다. 대표작으로 『비밀』(제52회 일본추리작가협회상), 『용의자 X의 헌신』(제134회 나오키상, 제6회 본격미스터리 대상), 『나미야 잡화점의 기적』(제7회 주오코론문예상), 『몽환화』(제26회 시바타렌자부로상), 『기도의 막이 내릴 때』(제48회 요시카와에이지문학상), 『그대 눈동자에 건배』 『위험한 비너스』 『백야행』 『유성의 인연』 〈가가 형사 시리즈〉 〈라플라스 시리즈〉 〈매스커레이드 시리즈〉 외 다수가 있다.

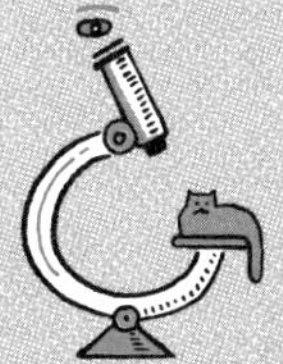

히가시노 게이고 에세이

사이언스?

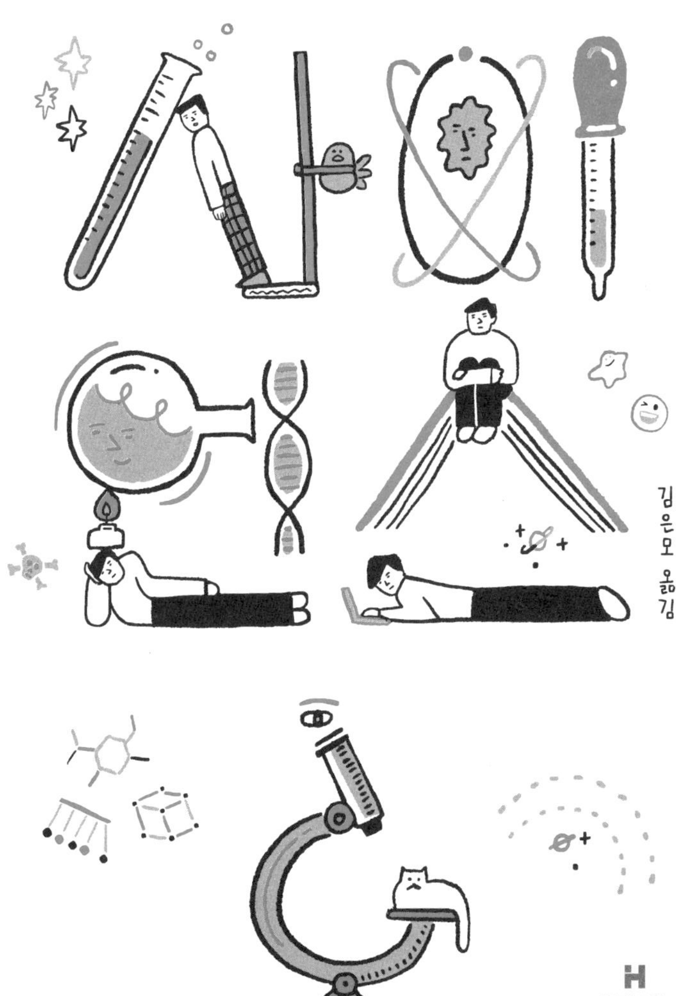

김은모 옮김

H
현대문학

차
례

유사 커뮤니케이션의 함정 1

어떤 일에 대해 남들의 의견을 알고 싶을 때 인터넷 게시판을 자주 들여다본다. 예를 들어 현재 가장 큰 관심사는 과연 언제쯤 겔렌데*에 눈이 쌓이느냐인데, 다른 스키어와 스노보더들이 눈 부족 사태에 어떻게 대응하고 있는지 게시판을 보면 한눈에 알 수 있다. 결론부터 말하자면 모두 난감해하고 있다. 그렇게 당연한 걸 알아서 어쩌자는 거냐고 물으면 뭐라 할 말이 없지만, 아무튼 컴퓨터 앞에 앉아 있기만 해도 남의 생각을 실시간으로 알 수 있다니 굉장하다.

* 스키를 탈 수 있는 경사지. 넓은 의미에서 스키장 전체를 가리키기도 한다.

하지만 게시판에 "홋카이도도 올해는 강설량이 적어요. 기껏 새 스키를 샀는데 아쉽네요" 같은 무난한 글만 올라오는 건 아니다. 악의로 가득한 비방과 중상도 위세를 떨친다. 연예계나 스포츠 관련 게시판이 그 대표적 예다. 연예인이나 스포츠 선수 본인이 읽으면 기분이 상하는 걸 넘어서 화가 나 펄펄 뛸 만한 글도 적지 않다. 그런 글을 올리는 사람은 반쯤 상습범이라 여러 닉네임으로 다양한 게시판을 돌아다닌다. 정상적인 유저들은 이들을 키보드 워리어 혹은 악플러라고 부르는 모양이다.

지금은 보기만 하지만, 10년쯤 전에 딱 한 번 모 추리 드라마의 팬들이 만든 게시판에 참여한 적이 있다. 드라마가 끝난 후 오늘 완성도는 어땠다는 둥, 그 트릭은 이상하다는 둥 서로 감상을 주고받는다. 처음에는 재미있었지만 얼마 안 가 빠져나왔다. 유저들 사이에서 드라마와는 관련 없는 묘한 논쟁이 벌어졌기 때문이다. 상대를 폄하하고자 내뱉는 갖가지 말들이 당사자가 아닌데도 보고 있기 불쾌했다.

신원을 감출 수 있는 것이 인터넷을 통한 커뮤니케이션의 특징이다. 그 폐해는 인터넷이 확립되기 시작했을 무렵부터 계속 지적돼왔다. 하지만 이렇다 할 대책은 없다. 기본적으로 개인의 양심과 상식에 맡길 수밖에 없는 실정이다. 그렇다면 '양심과 상식'은 어떻게 기를 것인가.

인터넷은 개인이 세계와 커뮤니케이션할 수 있는 길을 열어주었다고 평가받는다. 확실히 정보를 얻을 수도, 각자 세상에 정보를 퍼뜨릴 수도 있다. 하지만 결국은 전자 데이터가 오가는 것에 불과하다. 그런 걸 주고받는 게 진정한 커뮤니케이션일까. 그런 커뮤니케이션으로 타인과 접할 때 필요한 '양심과 상식'이 길러질까.

만남 사이트에 가입한 사람의 남녀 성비는 9대 1이라고 한다. 즉 대부분 남자다. 이래서는 사실상 '만남'이 성립되지 않으니 당연히 가입한 의미가 없다. 이대로 가면 남자 회원도 탈퇴하므로 사이트 관리자는 아르바이트를 고용한다. 일찍이 단체 미팅 파티에 행사 도우미가 고용되어 참석한 것과 비슷하다. 하지만 파티와 달리 얼굴을 드러내지 않아도 되니 아르바이트생이 꼭 미인일 필요는 없다. 아니, 아예 여자가 아니라도 된다.

'지방에서 올라온 전문대생입니다. 나이는 열아홉 살. 잘 노는 사람이 좋아요. 귀여운 남자 희망. 좀 아저씨라도 귀여우면 괜찮음.'

현실은 이런 글을 적은 본인이 아저씨일 때도 많다. 아르바이트생이 아니더라도 여고생과 친해지기 위해 여자인 척 만남 사이트에 드나들던 남자가 실은 상대편도 남자인 걸 알고 분노해 상대를 협박하는 사건이 발생하기도 한다.

솔직히 말하자면 생판 알지도 못하는 사람이 보내는 글을 곧이곧대로 받아들이는 심리가 이해가 안 된다. 휴대전화와 컴퓨터는 거짓말을 하지 않지만, 그걸 사용하는 인간은 거짓말을 할 가능성이 높다는 것을 왜 모른단 말인가.

"그렇지만 만남 사이트에서 알게 돼 가까워진 경우도 실제로 있잖나"라는 목소리가 들려오는 것 같다. 확실히 그렇기는 하다. 하지만 '만남 사이트에서 알게 돼 가까워진'이라는 문구는 예외 없이 무슨 사건이 발생했을 때만 들린다. 사실 만남 사이트와 관련된 형사사건은 급증하고 있다. 내가 보기에 그 주요한 원인은 실제 세상에서 인간과 접촉해 커뮤니케이션하는 훈련을 게을리한 탓이다.

심리학에 개인 영역이라는 용어가 있다. 이를테면 본인만의 심리적인 영토다. 보통 이 범위 안에 타인이 들어오면 사람은 긴장한다고 한다. 그런데 남자와 여자는 개인 영역의 넓이가 완전히 다르다. 남자는 1미터에서 2미터나 되는 데 비해 여자는 수십 센티미터도 안 된다고 한다. 즉, 남자는 조금만 곁으로 다가가도 상대를 의식하지만 여자는 개의치 않는다는 뜻이다. 폭력배나 비행소년이 어깨를 흔들며 걷는 것도 타인이 개인 영역에 들어오는 걸 견제하기 위해서라는 말이 있다.

파티장에서 남자는 옆으로 온 여자를 필요 이상으로 의식한다. 자기 옆에 왔으니 무슨 의도가 있는 것 아니겠냐(=내게 마음이 있는 것 아니겠냐)고 생각한다. 하지만 물론 여자에겐 아무 의도도 없다. 아니, 남자에게 다가갔다는 자각조차 없다. 개인 영역의 차이 때문에 이러한 오해가 발생하는 셈이다. 이는 대부분의 남자에게 해당되므로, 남자 독자 중에는 창피한 경험을 한 사람도 많을 것이다. 나도 그렇다. 하지만 자꾸 경험을 쌓다 보면 서서히 거리감이 잡힌다.

중요한 건 여자를 진짜로 접하지 않으면 학습이 불가능하다는 점이다. 휴대전화와 컴퓨터를 통한 교제에는 개인 영역이라는 개념 자체가 존재하지 않는다.

남과 함께 있을 때 거리감을 파악하지 못하면 어떻게 될까.

예를 들어 그런 남자가 전철에 앉아 있다고 치자. 마침 젊고 예쁜 여자가 옆자리에 앉았다. 물론 두 사람은 남남이다. 하지만 이 시점에서 이미 오해의 싹이 튼다. 남자는 여자가 자기 옆에 앉은 것에서 깊은 의미를 찾아내려 한다. 이윽고 여자가 꾸벅꾸벅 졸다가 남자에게 몸을 기댄다. 그러면 남자의 생각은 한 점을 향해 폭주한다. 여자가 자기를 좋아한다고 굳게 믿어버린다. 생판 처음 보는 사이라는 사실은 브레이크 역할을 하지 못한다. 생판 처음 보는 여자와 사랑에 빠졌으니 그 반대도 있을 것이라 믿어 의심치 않는다.

결국 남자는 여자를 집요하게 쫓아다니게 된다. 즉, 스토커로 변모한다. 여자 입장에서는 미치고 환장할 노릇이다. 전철에서 졸다가 잠깐 몸을 기댄 것 가지고 왜 치근치근 따라다니는지 이해가 되지 않는다.

이건 과장된 이야기가 아니다. 비슷한 상황을 거쳐 스토킹 피해를 당하는 여자가 적지 않다.

우연히 옆에 앉은 것만으로도 그런 위험을 초래할 우려가 있다. 하물며 만남 사이트에서 알게 돼 다소나마 이야기(메일로지만)를 나눴다면 어떻겠는가. 실제로 만났을 때 남자가 거리감을 완전히 무시하고 말이나 행동을 할 게 뻔하다. 덧붙여 여자도 위험을 감지하는 능력을 기르지 못했다면? 그 결과 비극적인 사건으로 이어질 가능성이 아주 크다고 예상된다.

사람과 실제로 만나 커뮤니케이션을 할 훈련장은 인

모해? …
ㅎㅎ
?
??
!!

간 사회에 꼭 필요하다. 하지만 주변을 둘러보면 그럴 기회가 놀랄 만큼 부족해 참담할 따름이다.

그리고 그런 세상을 만든 건 다름 아닌 우리 어른들이다.

지면이 모자라므로 다음에도 이 주제로.

《다이아몬드 LOOP》 2004년 2월호

유사 커뮤니케이션의 함정 2

한때 텔레비전에서도 거론했으니 MHC라는 명칭을 들어본 사람이 적지는 않을 듯하다. 일본어로 옮기면 주조직 적합성 복합체로, 백혈구 등에 포함된 단백질을 만드는 유전자 복합체다. MHC 종류는 몇만 가지, 또는 그 이상이므로 사람마다 반드시 타입이 다르다고 해도 과언이 아니다.

다르다고는 하지만 따져보면 비슷한 경우와 아예 다른 경우가 있다. 이 유사성이 참 중요한 문제인데, 인간은 자신과 MHC 타입이 비슷하지 않은 이성에게 끌린다고 한다. 이른바 생리적으로 선호한다는 뜻이다. MHC 타입에 따라 면역력의 질도 달라지므로 자신과는 다른 타입과 맺어져야 자손의 면역력이 다양해지기 때문이라 추정된다. 요컨대 우수한 자손을 남기고자 하는 본능의 발현이다. 그러므로 MHC는 연애 유전자라 불리기도 한다. 아직 자세하게 밝혀지지는 않았지만 우리는 일종의 '냄새'로 MHC를 구분하는 모양이다.

물론 진짜로 사귀는 사이가 되려면 좀 더 복잡한 심리적 메커니즘을 거쳐야 하겠지만, 본능적으로 추구하는 요소가 있다면 그걸 무시할 수는 없다. 앞으로 연애를 하고 싶은 사람은 이성과 접촉해 MHC에 후각을 집중해야 한다. 하기야 후각을 집중해도 물리적으로 MHC의 '냄새'를 알아차리기는 불가능하다니까 결국 지금까지처럼 영감에 의지하는 수밖에 없겠지만.

연애뿐만 아니라 일상생활을 하면서도 생리적으로 또는 본능적으로 '앗, 이 사람이랑 잘 맞을 것 같아'라거나 '이 사람은 좀 거북한걸' 하고 흔히 느낀다. 결코 나쁜 사람이 아니라는 건 알지만 어쩐지 껄끄러운 케이스다. 이 글을 읽고 있는 사람들도 그런 경험이 적지 않을 것이다.

즉, 첫 만남이라고 반드시 0에서 시작하는 건 아니다. 호감을 주면서 시작하면 행운이지만, 악감을 주면서 시작해야 할 때도 많다. 뭐 그런 부조리한 일이 다 있냐고 불평해봤자 아무 소용 없다. 또한 악감을 주는 상대를 피하기만 해서는 정상적인 인간관계를 쌓을 수 없다. 나쁘면 나쁜 대로 서로 노력하면 된다. 중요한 건 상대에게 맞추어 임기응변으로 대응할 수 있어야 한다는 것이다.

그렇다면 그러한 대응력은 어떻게 길러야 할까. 지난번에 개인 영역을 예로 들었을 때도 말했지만, 실제로 사람들을 두루 만나보는 수밖에 없다. 수많은 사람과 접촉하며 실패 속에서 배우는 것이다. 실패에는 고통이 따른다. 하지만 그렇기에 훈련이 된다.

일찍이 실패와 고통은 피할 수 없었다. 남과 직접 얽히지 않고 살아가기가 불가능했기 때문이다. 하지만 인간은 피할 방법을 모색하기 시작한다. 그 기원은 아마 편지가 아닐까 싶다. 원래는 멀리 떨어진 상대에게 의사를 전달하기 위해 확립된 통신수단이지만, 면전에서 이야기하기 힘든 내용이라도 비교적 전달하기 쉬운 측면이 있는 것 또한 사실이다. 하지만 편지에는 노력과 정성이 많이 들어간다. 편지를 써서 목적을 달성하려면 커뮤니케이션 기술이 남달라야 하는 법이다. 또한 실시간으로 의사를 전달하거나 상대의 반응을 알 수 없다는 단점도 있다.

그런 점에서 전화는 획기적인 도구다. 편지에 비해 노력이 훨씬 덜 들고, 의사를 간결하게 전달하기 위해 문장을 요리조리 짜낼 필요도 없다. 덧붙여 볼일을 보고 수

화기만 내려놓으면 상대와 교신을 끊을 수 있다.

그러나 인간관계를 원만하게 유지하려면 전화를 걸 때도 다양한 배려가 필요하다. 전화 거는 타이밍, 말투, 원하는 상대를 바꿔달라고 부탁하는 기술, 용건을 꺼내는 방법, 이야기를 끝맺는 방법 등등 신경 써야 할 일이 산더미처럼 많다. 신입 사원에게 전화받는 법을 교육하는 것도 실수할 위험성이 그만큼 높기 때문이다.

팩스의 등장은 '상대를 배려해야 한다'는 전화의 숙명을 제법 해소해주었다. 언제 보내도 상관없으며, 귀찮게 말을 주고받지 않고 용건만 전할 수 있다. 단점은 상대의 답변을 즉시 얻을 수 없다는 것이다. 이건 편지와 동일하다.

그리하여 등장한 것이 바로 휴대전화와 전자메일이다. 이 문명의 이기 덕분에 인간은 타인과 교류할 때 발생할 우려가 있는 실패와 고통을 상당 부분 회피할 수 있게 되었다.

예를 들어 휴대전화를 사용할 때는 상대가 어디 있는지 고려하지 않아도 된다. 또한 원하는 상대를 바꿔달라고 부탁하는 기술도 필요 없다. 내가 어렸을 적에는 좋아하는 여학생 집에 전화를 걸 때마다 얼마나 긴장했는지 모른다. 본인이 받으면 다행이지만, 가족, 특히 아버지가 받으면 어쩌나 불안에 시달리며 전화를 걸었다. 그리고 불운하게도 아버지 같은 사람의 목소리가 들리면 좋은 인상을 주려고 갖은 애를 다 썼다. 현재 그런 고생을 하는 젊은이는 없으리라.

용건을 모호하게 보류할 수 있는 것도 휴대전화의 특징이다. 예를 들어 약속 장소를 정할 때 "그럼 시부야역에서 2시에 보자. 도착하면 전화해" 하고 끝낼 수 있다. 예전에는 사람이 버글버글한 곳에서 만날 때면 장소와 표시물을 정하는 게 관행이었지만, 이제는 '그때그때 상황에 맞춰서'가 보통이다.

융통성이 있다고 하면 듣기에는 좋지만, 반대로 말하면 휴대전화에 의존한 나머지 사전에 계획을 세우는 능력을 잃었다고도 할 수 있다.

그래도 휴대전화 역시 실시간으로 상대와 대화를 나누어야 하므로 번거롭다. 그걸 해소해주는 게 메일이다. 메일은 자기가 전하고 싶은 내용만 원할 때 원하는 곳에서 보낼 수 있다. 사람들은 휴대전화와 메일 양쪽을 능숙하게 사용해 상대를 배려할 필요 없이 자기 편의를 앞세워 정보를 주고받을 수 있게 됐다.

인간과 직접 접촉하면 상처받기도 한다. 그걸 피하고자 하는 수요는 늘 존재한다. 그 수요에 부응한 상품은 분명 잘 팔릴 것이다. 하지만 상대를 배려하지 않아도 되는 시점에서 이미 커뮤니케이션이 아니지 않을까. 그런 걸 아무리 되풀이해봤자 남과 부대끼는 훈련은 안 된다.

약간 사양세를 보이지만 컴퓨터 게임의 인기는 여전히 높다. 재미도 있겠지만 남과 겨루지 않아도 돼서 마음 편하다는 점이 크게 작용했으리라. 그 증거로 요즘은 친구들끼리 게임을 하면서 놀 때도 서로 승부를 겨루지 않고 각자 컴퓨터를 상대로 다른 게임을 즐기는 아이가 늘어나고 있다는 모양이다. 승패 때문에 분위기가 거북해지는 상황을 피하고 싶은 마음이 현실에 반영된 것 아닐까.

그런 아이들이 어른이 되었을 때, 과연 건전한 인간관계를 형성할 수 있을까. 인생이라는 게임 속에서 꿋꿋이 살아갈 수 있을까. 컴퓨터와 달리 인간들 가운데는 속임수를 쓰는 사람도 있고, 지면 화를 내는 사람도 있다.

휴대전화와 인터넷은 분명 편리하다. 하지만 인간끼리 맞부딪치는 것이 진정한 커뮤니케이션이라는 전제 아래 보조적으로 사용해야 마땅함을 잊어서는 안 된다. 결코 '새로운 커뮤니케이션'이라는 표현으로 본질을 흐려서는 안 된다.

《다이아몬드 LOOP》 2004년 3월호

과학기술은 추리소설을 변화시켰는가

과학기술이 진보함에 따라 문학이 어떻게 달라졌는가 하는 주제로 에세이를 쓰려고 했는데, 짐이 너무 무거워서 '문학'을 '추리소설'로 바꾸겠다. 잘 생각해보면 데뷔하고 17년 동안 문학성을 의식한 적은 거의 없다. 그럴싸한 말을 입에 담은 적은 있지만, 진정한 의미에서 문학성이 뭔지 실은 잘 모른다.

자, 과학기술의 진보로 추리소설은 어떻게 달라졌는가. 일단 어마어마하게 달라진 건 틀림없다. 그 대표 주자가 바로 휴대전화의 보급이다.

예를 들어 깊은 오지에서 남자의 시체가 발견됐다고 치자. 뒤통수에 강한 충격을 받은 흔적이 있고, 사인은 충격에 의한 뇌출혈로 추정된다. 타살인지 아닌지는 모른다. 그런데 죽은 남자가 발견되기 약 10분 전에 전화를 걸었다는 사실이 경찰 수사로 밝혀진다. 통화 상대는 남자의 아내이며, 아내는 분명히 남편 목소리였다고 증언한다. 하지만 시체가 발견된 곳에서 전화가 있는 곳까지는 아무리 서둘러도 한 시간 넘게 걸린다. 그럼 남자는 대체 어떻게 아내에게 전화를 걸었을까.

예전에는 이 정도 수수께끼만으로도 독자의 시선을 사로잡기 충분했다. 형사나 탐정 캐릭터가 발상을 이리저리 바꿔가며 이 불가능한 상황을 설명하려 애쓴다.

하지만 지금은 어떨까. 방금 전 상황을 신기하게 여기는 독자는 거의 없으리라 단언할 수 있지 않을까. 수사에 임하는 형사들은 아무 망설임도 없이 휴대전화부터 찾아 나설 것이다. 또한 그러지 않으면 독자도 납득하지 않는다. 휴대전화가 발견되지 않으면 제삼자가 가져갔을 것이라 형사들은(동시에 독자도) 판단한다. 상황을 불가능하게 만드는 요소는 어디에도 존재하지 않는다.

간단한 예를 들었지만 동서고금에 전화를 사용한 트릭은 많다. 하지만 그 대부분이 휴대전화가 등장함으로써 퇴색된 것이 사실이다. 물론 그렇다고 작품의 가치가 떨어지는 건 아니다. 하지만 그런 트릭이 사용된 소설을 현재의 독자가 즐기려면 소설이 발간된 시대를 고려할 필요가 있다.

카메라에도 같은 논리가 적용된다. 전화와 마찬가지로 사진 트릭을 사용한 작품도 많지만 전부 예전 카메라, 즉 필름을 사용하는 기종을 활용한다. 용의자로 추정되는 인물이 알리바이를 주장하기 위해 범행 현장에서 멀리 떨어진 곳에서 찍은 자신의 사진을 내놓는 것이 대표적인 패턴이다. 사진에 정확한 날짜나 시각을 표시하는 물건도 같이 찍혀 있어, 사진을 믿는 한 그 인물은 범행이 불가능하다는 식이다. 탐정 캐릭터는 뭔가 감추어진 트릭을 밝혀내기 위해 지혜를 짜낸다.

하지만 앞으로는 그러한 트릭이 번쩍 떠오르더라도 소설에 써먹지는 못할지도 모르겠다. 디지털카메라의 보급 때문이다. 필름카메라가 없어지지는 않으리라. 하지만 사람들이 디지털카메라를 일반적으로 손쉽게 사용하게 되면 사진을 알리바이 공작에 사용한다는 발상 자체가 독자에게 받아들여지지 않을 우려가 있다. 컴퓨터로 이미지를 가공하는 기술이 발달한 오늘날, 디지털 사진에 과연 증거능력이 있겠는가 하는 의문이 먼저 샘솟는다. 필름 사진이라면 괜찮겠지만 "요즘 보통 사람이 그런 카메라를 쓸까" 하고 독자가 부자연스럽게 느끼는 순간 아웃이다.

작품이 리얼리티를 잃는다.

전화나 카메라같이 자잘한 물건만 추리소설에 영향을 주는 것은 아니다. 예를 들면 교통기관의 발달도 무시할 수 없는 사태다.

A 지점에서 B 지점으로 갈 때 전철을 아무리 효율적으로 갈아타도 다섯 시간은 걸린다고 치자. 어떤 작가가 멋진 트릭을 고안했다. 그 트릭을 사용하면 A 지점에서 피해자를 죽인 범인이 네 시간 후에 B 지점에 있는 상황을 만들어낼 수 있다. 작가는 신바람 나게 집필에 나선다. 책이 나오면 독자들이 깜짝 놀랄 거라고 가슴을 두근대며 키보드를 두드린다(또는 만년필로 원고지를 채워나간다). 하지만 완성이 얼마 남지 않았을 때 충격적인 소식이 날아든다. 노선이 새로 개통돼 A 지점에서 B 지점까지 세 시간 만에 갈 수 있다는 것이다. 그 소식을 들은 순간, 작가는 울며 겨자 먹기로 원고를 파기하는 수밖에 없다.

과학기술의 진보는 추리소설의 트릭 측면에만 영향을 주는 것이 아니다. 오히려 그건 작은 영향이라 할 수 있다. 정말로 큰 영향을 받는 것은 소설 전개 방식이다.

추리소설은 보통 소설과 달리 많든 적든 계산 아래 인물을 움직인다. 작가는 때로 이야기에 재미와 스릴을 더하기 위해 등장인물들에게 예기치 못한 상황을 안겨준다. 예를 들면 중요 인물과 아깝게 엇갈리거나 연락할 수 없는 상황에 몰아넣는 것이다. 하지만 휴대전화가 등장한 이후로는 이러한 작업이 몹시 까다로워졌다. 약속 장소를 착각해 중요한 인물과 만나지 못했다는 전개는 오늘날 받아들여지지 않으리라. 그러므로 일단 등장인물이 휴대전화를 소유 또는 소지하지 않는 상황을 조성하거나 전파가 통하지 않는 곳에 있다고 설정할 필요가 있다. 하지만 휴대전화 보급률은 자꾸 높아지고, 휴대전화를 가진 사람이 휴대전화 없이 외출하는 것 자체가 점점 부자연스러워진다. 전파가 통하지 않는 곳도 해마다 줄고 있다.

요전에도 어떤 파티에서 한 작가가 머리를 감싸 안고 이렇게 말했다.

"해외에서 막 돌아온 인물이 있어. 공항에서는 연인과 이야기를 시키고 싶지 않은데, 연인이 휴대전화를 가지고 있어서 골치 아파. 어떻게든 전화가 연결되지 않는 상황을 만들어야 해."

하나 과학기술이 진보해 추리소설을 쓰기가 힘들어졌는가 하면, 실은 그렇지도 않다. 내 생각에는 오히려 이점이 훨씬 크다.

인터넷의 보급으로 이전에는 상상도 못 했던 새로운 범죄가 수없이 탄생했다. 물론 사회적으로는 바람직하지 못한 일이지만, 주로 범죄를 그려내는 추리 작가에게는 새로운 광맥이 발견된 것이나 마찬가지다. 예를 들어 전혀 안면 없는 두 사람이 어느 날 갑자기 친밀해지는, 예전 같으면 부자연스러운 상황도 만남 사이트를 끼워 넣으면 아주 쉽게 만들 수 있다.

휴대전화와 디지털카메라의 보급도 새로운 트릭을 싹틔우는 토양이 될 것이다. 교통기관의 발달은 무대의 규모를 현저하게 키운다는 점에서 이미 크게 공헌하고 있다.

다만 작가들도 새로운 도구를 활용하는 새로운 범죄를 그저 뒤따라가기만 해서는 안 될 것이다. 새로운 기술이 만들어지거나 발견되면 범죄가 어떤 식으로 변모할지, 어떤 새로운 범죄가 탄생할지 범죄자들 이상으로 진지하게 고민해야 한다. 소설을 모방하면 큰일이라고 경찰이 경계할 만한 이야기를 고안해낸다면, 범죄를 방지한다는 관점에서도 사회에 이바지하는 셈이다.

하지만 작가가 현실을 앞질러 소설 속에서 새로운 범죄를 예견하는 일은 극히 드물다. 대부분은 경찰처럼 범죄가 발생하고 나서야 비로소 "아아, 그런 수가 있었구나" 하고 깨닫는다. 중장비로 은행 현금자동지급기를 부숴서 돈을 가로채는 수법을 누가 예상했겠는가.

그렇듯 새로운 범죄를 창안하는 사람들이 소설을 쓰

면 참 재미있는 작품이 나올 텐데. 텔레비전 뉴스를 보며 그런 허튼 생각을 하곤 한다.

《다이아몬드 LOOP》 2003년 4월호

도구의 변천과 창작 스타일

나는 1985년, 그러니까 지금으로부터 18년 전에 작가로 데뷔했다. 에도가와란포상이라는 추리 작가의 등용문에 도전하다 세 번 만에 수상한 것이 계기였다.

당시 응모 규정을 읽어보니 다음과 같았다.

• 매수: 350~550매.

• 원고 철하는 법: 한 장씩 반으로 접어서 겹치고 세 묶음으로 나누어 철한다.

한편 현재는 다음과 같다.

• 매수: 400자 원고지로 350~550매. 워드프로세서를 사용할 경우는 반드시 한 줄당 30자씩 20~40줄로 작

성해 칸이 없는 A4 용지에 인쇄하기 바랍니다.

• 원고 철하는 법: 반드시 일련번호를 매기고, 오른쪽 윗부분을 철할 것.

비교해보면 알겠지만 현재는 워드프로세서 원고가 투고될 것을 전제로 하고 있다. 18년 전에도 워드프로세서 전용기는 있었으니 어쩌면 당시에도 그런 응모 원고가 투고됐을지도 모르지만, 분명 소수였을 것이다. 나도 그 시절에는 원고지에 손으로 썼다. 워드프로세서로 바꾼 건 에도가와란포상을 수상한 직후다. 수상하고 첫 단편소설부터 워드프로세서로 집필하기 시작했다.

나는 아무 거부감도 없이 육필에서 워드프로세서로 갈아탔다. 이유를 찾아보면 이렇다. 일단 집필 스타일이 워드프로세서 성향이었다. 당시 기술자였던 나는 이면지를 잔뜩 가지고 돌아가 뒷면에 소설을 썼다. 문장 구성을 바꾸고 싶을 때는 가위로 해당하는 부분을 오려내 다른 곳에 붙이고는 했다. 즉, 커트앤드페이스트*다. 워드프로세서를 사용하면 화면에서 그 작업을 할 수 있고, 나중에 깨끗하게 베껴 쓸 필요도 없으니까 그야말로 내가 딱 바

* cut and paste, 데이터의 일부를 잘라내어 다른 위치에 붙이는 일.

라던 도구였다.

키보드 조작에 익숙했던 것도 워드프로세서로 원활하게 옮겨 간 이유 중 하나이리라. 대학에서 전기공학을 공부하던 시절에 미니컴퓨터*를 만져봤고, 회사에 입사한 후에도 컴퓨터를 사용할 때가 많았다. 하기야 그때 지급된 컴퓨터는 NEC**에서 나온 초기 모델이라 워드프로세서 소프트웨어를 깔아보기는 했지만 한 글자가 뜨는 데 한참이 걸려서 소설 집필에는 부적합했다.

워드프로세서 전용기가 발전한 타이밍도 안성맞춤이었다. 이전까지는 화면에 고작 몇 줄만 표시되는 기종이 대부분이었고 30줄 넘게 표시되는 기종은 도저히 살 엄두가 나지 않는 가격이었지만, 내가 데뷔한 무렵부터 각 제조사가 경쟁하듯 저렴한 가격에 고성능 워드프로세서를 내놓았다.

그리하여 워드프로세서를 구입한 후 제일 먼저 정해야 할 것이 있었다. 바로 입력 방법이다. 로마자 입력으로 해야 할까, 가나*** 입력으로 해야 할까.

이 졸문을 읽는 분들 대부분 고개를 갸웃거리지 않을

* 1960~1970년대 연구실이나 작업장에서 사용하던 중형 컴퓨터.

** 일본의 통신전자기기 종합회사.

*** 일본의 표음문자.

까 싶다. 뭘 망설이냐, 당연히 로마자 입력이지 하면서. 실제로 대부분이 로마자 입력을 사용하는 모양이다. 작가들도 그쪽이 압도적으로 다수파다.

하지만 나는 가나 입력을 선택했다. 지금은 맥 컴퓨터를 쓰지만 역시 가나 입력이다. 이 문장도 그렇게 쓰고 있다.

워드프로세서를 산 시점에는 로마자 입력이 익숙했다. 아니, 키보드의 가나 문자는 본 적조차 없었다. 당시는 대개 프로그래밍을 할 때만 컴퓨터 자판을 두드렸으니 가나 문자는 전혀 필요가 없었다.

그럼에도 굳이 가나 입력을 선택한 데는 물론 이유가 있다. 자판을 두드리는 횟수를 최대한 줄이고 싶었기 때문이다. 프로 작가가 된 이상, 해마다 수백 매, 아니 수천 매를 써야 한다. 자판을 두드리는 횟수는 천문학적일 것이다. 로마자 입력 방식을 선택하면 가나 입력에 비해 자판을 두드리는 횟수가 늘어난다. 그래서는 도저히 손가락이 못 버틸 것 같았다. 갓 데뷔한 햇병아리 주제에 낯 두껍게도 일이 착착 들어오리라는 몽상을 품은 것이다.

블라인드 터치가 안 되니 자판을 외워야 했지만 전혀 걱정하지 않았다. 어쨌거나 연간 수천 매를 쓸 테니까 그동안 손가락이 알아서 외울 것이라고 낙관했다. 결과적으로 이 생각은 틀리지 않았다. 현재 내 손가락은 가나 자판의 위치를 완벽하게 기억하고 있다. 하지만 오산도 있었다. 그렇게 되기까지 십수 년이 걸렸다는 사실이다. 자판을 빨리 쳐야 할 만큼 아이디어가 나오지 않은 것이 원인이다. 컴퓨터 앞에서 끙끙대고만 있는데 가나 입력이든 로마자 입력이든 무슨 상관이랴.

아무튼 워드프로세서로 바꾼 건 백 점짜리 정답이었다. 덜 피곤하고 편집하기 편하기도 했지만, 편집자의 반응이 좋았다는 것이 가장 큰 이유다.

대작가라면 다소 글씨가 지저분해도 고맙게 원고를 받겠지만, 무명에 가까운 신인 작가의 원고가 읽기 어려우면 아무도 상대해주지 않는다. '히가시노의 원고는 내용은 둘째 치고 읽기 편하다'라는 평판이 퍼지기를 기대했다. 그 계산은 정통으로 들어맞아 "야, 워드프로세서는 좋네요. 어쩐지 내용도 좋아 보이는걸요"라는, 칭찬인지 야유인지 모를 감상을 듣기도 했다.

워드프로세서로 원고를 쓰면 만사형통이냐 하면 그렇지는 않다. 출력 양식은 여러모로 시행착오를 겪었다. 처음으로 산 워드프로세서에 원고지 칸에 맞춰 문자를 인쇄하는 기능이 있었는데, 실제로 해보니 너무 읽기 힘들었다. 그래서 평범하게 A4 용지에 인쇄하기로 했다. 앞서 말한 에도가와란포상 규정에 '칸이 없는 A4 용지에 인쇄하기 바랍니다'라고 되어 있는 것도 칸에 꽉 맞게 인쇄된 원고가 투고돼 사무국이 몇 번 진저리를 친 적이 있었기 때문이리라. 워드프로세서에 그런 기능을 넣은 건 정말 헛일이었다. 소설을 써본 적 없는 기술자가 고안할 만한 기능이기는 하지만.

워드프로세서에서 컴퓨터로는 더욱 순조롭게 넘어갔다. 장점은 참 많다. 여러 문서를 한 화면에 띄울 수 있어서 편리하고, 두꺼운 국어사전에서 해방된 것도 큰 도움이 됐다. 집필하다 인터넷으로 자료를 조사할 수 있는 것도 마음에 든다. 물론 전자메일로 원고를 주고받을 수 있게 된 것도 일종의 혁명이리라.

하지만 아무리 도구가 진화한들 편해지지 않는 것도 있다. 문장을 자아내기 위한 두뇌 노동이다.

나는 집필할 때 일단 영화처럼 머릿속에 장면을 떠올린 후, 소설의 형태로 바꾸는 방법을 쓴다. 그런데 이게 어마어마하게 어렵다. 기본적으로 묘사력이 모자란 탓에 떠올린 장면이 문장으로 잘 표현이 안 된다. 써놓고 읽어보면 머릿속 장면과는 딴판인 경우가 허다하다. 여자의 용모를 묘사할 때는 특히 더 그렇다.

머릿속으로 떠올린 스토리를 고스란히 문장으로 바

꾸어주는 도구는 나오지 않을까. 그게 지금 내 희망사항이다. 그러면 얼마나 일하기 편할까. 하지만 집필하는 모습을 편집자에게는 보여줄 수 없다. 내가 앞일은 전혀 생각지 않고 그때그때 임시변통으로 연재를 해치우고 있다는 게 들통날 테니까.

《다이아몬드 LOOP》 2003년 5월호

찜찜한 예감

직업이 추리 작가이다 보니 무관심하게 넘길 수 없는 일이 많다. 그중 하나가 과학수사에 관련된 사항이다. 요즘은 추리소설의 유형이 다양해져 살인 사건이나 수사를 등장시키지 않고 소설을 쓰는 작가도 있지만, 역시 최소한 필요한 지식이라 할 수 있으리라.

과학수사 가운데 신원 특정이라는 것이 있다. 가장 대중적인 방법은 지문 대조다. 대중적인 동시에 신뢰성도 으뜸간다. 지문이 일치하면 동일 인물이다, 이 결론은 절대로 흔들리지 않는다. 지문 대조 기술이 발명되기 전까지는 전과자 목록에 얼굴 사진을 중심으로 한 외모 자료밖에 없었으므로, 별 특징 없는 인물이 가명을 사용하면 어디의 누구인지 확인하기조차 몹시 힘들었다. 사람을 잘못 체포할 때도 많았던 모양이다. 변사체의 신원을 알아내기도 쉽지 않았다. 얼굴이 망가졌으면 거의 절망적이었다고 한다. 그런 의미에서 지문 대조 기술은 획기적인 발명이었다.

그에 필적하거나 어떤 의미에서는 능가할 만한 기술이 바로 DNA 감정이다. 말할 필요도 없겠지만 체세포 속 DNA 염기 배열이 사람마다 다르다는 점을 이용해 개인을 식별하는 방법이다. 범행 현장에 남은 혈액이나 체액, 모발 등에서 DNA를 추출할 수 있으므로 신원 미상 시신의 정체를 밝히거나 용의자의 범위를 좁히는 데 도움이 된다. 1992년에 경찰청이 범죄 수사에 도입했으니 이미 10년 이상 실적을 거둔 셈이다.

하지만 신뢰성에서는 아직 지문에 미치지 못한다. 실제로 1995년에는 후쿠오카 고등법원이 오이타시 여자 전문대생 살인 사건 재판에서 DNA 감정의 신뢰성을 부정하고 피고에게 무죄를 선고했다.

경찰청에 따르면 종래에는 개인 식별에 오류가 있을 확률이 최고 280만분의 1이었다고 한다. 즉 280만 명 중에 한 명은 다른 사람이라도 같은 형태의 DNA로 판단될 가능성이 있었던 셈이다. 아주 낮은 확률이지만, 오인될 확률은 없는 것이 최고다. 지문은 오인될 확률이 없다.

그래서인지 경찰청이 최근에 최신식 DNA 감정 장치 프래그먼트 애널라이저Fragment Analyzer를 도입하겠다고 발표했다. 지금까지는 네 종류를 감정했지만, 이 장치를 사용하면 열 종류 전후를 감정할 수 있다고 한다. 걸러내는 과정이 늘어나는 만큼 사람을 오인할 위험성도 낮아진다. 개인 식별에 오류가 있을 확률은 수억분의 1이라고 한다. 과연 이 정도라면 지문에 필적한다고 가슴을 펼 만도 하다. 게다가 감정 시간이 대폭 단축되고, 비용도 절반 가까이 줄어든다니 그야말로 신통방통하다. 마법의 기술이라 해도 과언이 아니다.

하지만 이 마법이 앞으로 어떻게 사용될지 좀 마음에 걸린다.

범죄자의 지문이 자료로 보관되는 것과 마찬가지로 DNA 기록도 남겨지리라. 현장에 범인의 것으로 추정되는 모발이 남아 있으면 전과자 목록에서 합치되는 DNA를 컴퓨터로 찾아내기도 쉬워질 테다. 패턴을 수치화하기 어려운 지문보다 분명 요긴하게 사용될 것이다.

하지만 DNA에는 병력과 유전정보 등 개인 정보가 많이 포함되어 있다. 그런 걸 데이터베이스화해서 경찰이 쥐고 있다니 어쩐지 찜찜한 이야기다. 물론 그 문제에 대해서는 예전부터 갑론을박이 있었고, 경찰청도 새로운 시스템의 도입을 앞두고 가이드라인을 재검토한다고 한다.

하지만 마법을 손에 쥔 이상, 최대한 활용하고 싶은 게 인지상정이다. 그렇다면 최대한이란 뭘까. 분명 모체의 데이터를 크게 만들어나가는 게 아닐까 싶다. 즉, 범죄자의 것뿐만 아니라 일반인의 DNA 정보도 전부 장악하고 싶은 마음이 들지 않을까.

이는 꼭 경찰에만 한정된 이야기가 아니다. 앞서 말했듯이 DNA는 정보의 보물 창고다. 해석이 용이해지면 DNA를 활용한 새로운 사업이 고안되는 것은 시간문제이며, 그때는 가능한 한 많은 데이터가 수집될 것이 틀림없다.

예를 들면 비만 유전자가 있다. 그다지 좋게 들리지 않지만 이건 에너지 절약 유전자로, 식량 사정이 열악했던 민족이 약간의 영양분으로도 오래 생활할 수 있게끔 지방이 체내에 잘 축적되도록 진화한 결과다. 하지만 먹을 것이 풍부한 현대사회에서는 그저 살이 잘 찐다는 단점밖에 가져다주지 않는다.

다이어트 식품과 기구를 판매하는 기업에 비만 유전자를 가진 사람의 목록은 상당히 가치 있는 정보 아닐까. 비만과 전혀 인연이 없는 사람에게 광고 우편물을 보내는 헛수고를 피할 수 있고, 비만의 원인을 체질로 집약한 판매 전략도 가능해진다.

유전적 요소가 강하게 작용한다는 청년 탈모와 가늘어지는 머리숱 대책 상품의 홍보에도 DNA 정보가 도움이 된다. 그런 문제로 고민하는 남자는 어떻게든 해결하고 싶어 하면서도 좀처럼 스스로 움직이려 들지는 않는다. 그럴 때 업자가 먼저 접촉하면 어떨까. 수많은 사람들이 일단 귀를 기울이지 않을까.

그 외에도 DNA 정보를 이용해 여러 가지 사업을 벌일 수 있을 듯하다. 결혼정보업체에서도 도입할 가능성이 크다. 어쨌거나 천재나 스포츠 선수의 정자를 얻어 임신하려는 여자도 나오는 시대니까.

물론 전부 다 망상이다. 실제 사업으로 성립하느냐 마느냐는 미지수다. 아니, 어떻게 생각해도 제대로 된 사업거리가 아니다. 애당초 본인 승낙도 없이 DNA를 조사하는 건 허용되지 않으며, 그 데이터를 유용하는 것도 당치 않은 짓이다.

하지만 공공연히 드러내지 않으면 기업이 DNA 정보를 토대로 홍보 활동을 하는지 알 수 없다. 그렇다면 은밀히 그런 데이터가 매매될 법도 하지 않은가.

여기서 새로운 사업이 탄생할 가능성이 대두된다.

DNA 정보 수집 업체다. 지금도 주소, 성명, 연령, 직업 등 개인 정보를 판매하는 회사가 있다. 이번에는 거기에 머리카락을 덧붙이면 된다. 그것만으로도 정보의 가치는 비약적으로 상승한다. 분석기를 도입해 '비만 후보자 목록'이나 '청년 탈모 목록'으로 한정해서 판매하는 방법도 있다.

끈덕지게 말하는 것 같지만 이러한 사업은 불법이다. 하지만 DNA 분석 기술이 진보하면 음지에서 행해질 가능성은 극히 높을 것으로 예상된다. 생뚱맞은 회사에서 광고물을 보내 기분 나빴다는 사람이 소수는 아니리라. 개인 정보는 암시장을 무대로 무시무시한 기세로 유출되고 있다. 그러한 정보에 DNA 정보가 더해지는 날이 절대로 오지 않으리라고 누가 장담할 수 있으랴.

그리하여 결국에는 어떻게 될까.

말썽이 생기고 나서야 슬렁슬렁 나타나 막무가내로 일을 처리하는 게 공무원이다. 그들은 정치인을 조종해 국민 모두의 DNA 정보를 장악하려 들지 않을까. 어쩌면 그리 멀지 않은 미래에 국민의 건강과 치안을 위한다는 대의명분 아래 '전 국민은 몇 월 며칠까지 거주지의 관할 관공서에 모발을 제출하시오'라는 명령이 떨어질 것 같기도 하다.

그날이 오기 전에 대머리가 되어두는 편이 나을지도 모르겠는걸.

《다이아몬드 LOOP》 2003년 6월호

수학은 무엇 때문에?

요전에 소설 취재차 메이지대학교 수학과 마스다 교수님을 뵙고 왔다. 추리소설을 쓰면서 왜 수학과 교수를 취재하느냐는 질문이 들려오는 것 같은데, 등장인물 중 한 명 그것도 아주 중요한 인물이 수학자라는 설정이라 취재할 필요가 있었다. 하지만 사실 예전부터 수학자와 이야기를 해보고 싶기는 했다.

프로필을 보면 알겠지만 나는 대학에서 전기공학을 전공했다. 전기 하면 전기회로나 옴의 법칙을 연상하는 게 보통이지만, 배우는 내용은 대부분 수학 관련이다. 특히 1학년과 2학년 때는 수학이라는 이름이 붙는 강의만 해도 열 개가 넘는다. 더군다나 죄다 고등학교에서 배우는 수학과는 비교도 안 되게 난해하고, '공식을 외우면 어떻게든 풀리는' 문제는 당연히 시험에 하나도 나오지 않는다.

강의를 들으며 나는 늘 궁금했다. 이 사람들, 즉 수학 연구자는 어떤 세계관과 꿈을 가지고 살고 있는 걸까. 아니, 애당초 왜 수학자가 되려 한 걸까.

마스다 교수님의 답변은 간결했다.

"어릴 적부터 수학을 좋아했거든요."

단지 그뿐이다. 고심한 끝에 어려운 문제를 풀어냈을 때 느껴지는 기쁨, 그게 정말 좋다고 한다.

나도 그 감각을 어느 정도는 안다. 이과 계열로 진학한 사람은 누구나 그럴 것이다. 하지만 그걸 더더욱 순수하게 추구해 평생 직업으로 삼을 생각은 없었다. 수학은 어디까지나 전기공학 문제를 풀기 위한 '도구'에 지나지 않았다. 그 '도구'를 직접 만들어내겠다는 발상은 없었다. 하지만 생각해보면 누군가 만들어주었기 때문에 우리가 그 '도구'를 사용할 수 있는 것이다. 컴퓨터고 휴대전화고 수학이라는 '도구'가 없었다면 발명하지 못했을 테고, 로켓도 달에 가지 못했을 것이다. 현대 문명은 수학으로 쌓아 올린 것이라 해도 과언이 아니다.

그런데 그런 수학의 위치가 우리 나라에서는 낮다.

경시되고 있다고 느끼는 건 나뿐만이 아니리라. 사실 마스다 교수님도 동감을 표명했다. 수학 강의 수는 해마다 줄어들고, 내용도 빈약해지고 있다. 이래서는 우수한 학생이 길러질 리 만무하며, 교수님이 보기에도 최근 학생들의 학력이 현저하게 저하됐다고 한다.

왜 국가가 이렇게 수학을 경시하는지는 모르겠지만, 그런 한편으로 기술 대국을 지향한다니까 어처구니가 없다. 마치 씨앗은 뿌리지도 않고 꽃만 피우려 드는 짓이다.

하지만 아이들이 수학에서 멀어지는 원인은 국가의 태도만이 아니다. 가장 큰 요인은 그들을 둘러싼 환경에 있다.

예를 들어 아이가 부모에게 다음과 같은 질문을 했다고 치자.

"수학은 무엇 때문에 공부해야 해?"

이 질문에 만족스레 대답할 수 있는 부모가 과연 얼마나 될까. 부모뿐만이 아니다. 교사도 대부분 대답 못 하지 않을까. 답변이 궁한 그들이 난처한 나머지 꺼내는 말은 대개 다음과 같다.

"무슨 소리를 하나 했더니만. 과목 중에 수학이 있으니 어쩔 수 없잖아. 불평 말고 공부나 해."

이런 대답으로 아이가 수긍할 리 없다. 이리하여 아

이들은 꿰뚫어 보는 것이다. 어른도 수학을 필요 없다고 여기는구나, 하고.

요즘은 텔레비전의 영향도 크다. 인기 연예인이 당당하게 "수학은 필요 없다"라고 단언한다. 더 나아가 수학을 좋아한다는 사람이 있으면 모두가 합세해 핀잔을 준다. '수학을 좋아하는 사람=괴짜'라는 불문율을 만들어내 수학을 싫어하는 자신들이야말로 정상이라고 소리 높여 합창한다.

이런 상황에서 어떻게 아이들에게 수학에 관심을 가지라고 하겠는가. 수학에서 멀어지고 있는 것은 아이들만이 아니다. 나라 전체가 그렇다.

그럼 댁은 '무엇 때문에 수학을 공부해야 하는가'라는 질문에 어떻게 대답하겠냐는 물음이 날아들 법도 하다. 그럴 때 나는 다음의 두 가지 답을 꺼내놓는다.

첫째. 수학은 과학과 경제 문제를 해결하기 위한 도구다. 어떤 도구가 있는지 배워놓지 않으면 관련 직종에서 일할 때 쓸데없이 빙 돌아가게 된다. 쌀이 있어도 전기밥솥의 존재를 모르면 밥을 짓는 데 고생하는 것과 마찬가지다. 미적분, 삼각함수—전부 도구다.

둘째. 인류가 발전하려면 수학의 진보가 필수적이다. 누군가가 연구해 그 수준을 높여가야 한다. 하지만 수학에 재능이 있는 사람을 찾아내기는 어렵다. 본인조차 모르는 경우도 있다. 그러므로 모두에게 수학을 가르쳐 체로 걸러낼 필요가 있다.

이 답변에 반론하는 사람도 있으리라. 하지만 적어도 '과목 중에 수학이 있으니까 어쩔 수 없다'라는 말로 넘어가는 것보다는 설득력이 있다고 자부한다. 또한 위의 두 가지 설을 종합하면 '수학적 재능이 전무하고 장래 수학을 도구로 사용할 가능성이 전혀 없는 인간은 수학을 배우지 않아도 된다'는 말이 되는데, 나는 그래도 무방하다고 생각한다. 모든 인간을 십인일색으로 뭉뚱그려 가르치려 하니까 무리가 생기는 것이고, 교과 수준도 낮추어야 하는 것이다. 일상생활에서는 산수 수준만 알면 족하다. 늦어도 고등학교부터 수학은 선택과목으로 돌려도 되지 않을까 싶다.

그리고 수학 수업 때는 지금부터 배울 내용이 무엇에 도움이 되는지 교사가 학생에게 알기 쉽게 설명해야 한다. 그걸 못하는 사람은 수학 교사 자격이 없는 것이리라.

중요한 건 수학을 특수한 학문이라 여기는 세상 사람들의 인식을 바로잡고, 근원적인 학문이라는 인식을 심어주는 것이다. 여기서 세상 사람들이란 부모와 교사뿐만이 아니다. 수학의 혜택을 입는 기술 계열 기업에서조차 수학의 발전을 중시하는 분위기는 좀처럼 찾아볼 수 없다. 이공학계 연구자의 스폰서로 나서는 기업도 수학자에게는 돈을 내주지 않는 것이 그 증거다. 연구 내용이 너무 근원적이라 사업에 직접 결부되는 것으로 보이지 않기 때문이리라. 하지만 실제로는 늘 간접적으로 연결되어 있다. 과학기술에 대한 기업 수뇌부들의 의식 수준이 얼마나 얄팍한지 이런 부분에서 실감한다.

수학에는 낭만이 없다고 여기는 사람도 있을지 모른다. 하지만 그건 큰 오산이다. 실은 아직 수많은 미답지가 남아 있다. 예를 들면 보스턴의 실업가 클레이가 창설한 클레이 수학 연구소에서 2000년 5월에 일곱 개의 난제를 전 세계 수학자들에게 제시했다. 그중 하나라도 풀어내면 상금 100만 달러를 지불하겠다는 것이다. 상금도 적지 않지만, 그보다 더욱 설레는 건 현상금을 걸 만한 문제가 아직 수없이 존재한다는 점이다. 견문이 없다 보니 사색 문제와 페르마의 정리가 해결되어 이제 세계적으로 유명한 난제는 얼마 안 되는 줄 알았다.

앞서 말한 메이지대학교의 마스다 교수님도 이 일곱 개의 난제 중 하나를 연구 주제로 삼고 있다. 그 내용을 아주 러프하게 간추려 설명하자면 '물의 흐름을 방정식으로 나타낼 때 그 해는 존재하는가'가 되려나. '나비에 스토크스 방정식의 해의 존재 문제'라고 불리는 이 난제는 일본 연구자에 의해 해명될 가능성도 높다고 하니 아주 기대가 된다. 참고삼아 나머지 여섯 난제도 적어두겠다.

- 리만 가설
- 버치와 스위너턴-다이어 추측
- P≠NP 문제
- 호지 추측
- 푸앵카레 추측
- 양-밀스 이론과 질량 간극

전부 무슨 말인지 전혀 모르겠다. 그래도 'P≠NP 문제'만큼은 이미지를 파악하기 쉽다. 다음과 같은 얘기다.

'수학 문제를 풀 때 스스로 생각해서 답을 찾아내는 것과 남에게 답을 듣고 답이 올바른지 확인하는 것 중에 무엇이 쉬운가.'

으음, 수학자는 일종의 신이 아닐까 싶다.

《다이아몬드 LOOP》 2003년 7월호

알려라, 그리고 선택하게 하라

얼마 전에 내가 사는 맨션 관리 조합에서 '여름철 전력 공급이 부족해져 정전이 발생하면'이라는 제목의 서류를 보냈다. 두말할 것도 없이 도쿄전력의 원자력발전소 문제 은폐*를 발단으로 한 원자력발전소 가동 정지의 영향과 그 대응책에 관한 문건이다.

그 서류에 따르면 전력 회사에서 전력 공급을 멈추면 엘리베이터를 일부 사용할 수 없다고 한다. 거기에다 맨션 내부 공조 설비도 꺼지고, 주차장 문은 개방 상태, 무

* 도쿄전력이 원자력발전소에서 발생한 크고 작은 사건 사고 기록을 날조하고 은폐한 일을 가리킨다. 2002년에 발각된 후 원전 17기가 가동 중지되어 점검에 들어갔다.

인 택배함도 사용이 불가능해진다. 각 가구는 당연히 정전 상태다. 가전제품을 쓸 수 없는 것은 물론, 물을 틀어도 찬물밖에 나오지 않는다. 인터폰과 보안 기기도 작동하지 않는다. 즉, 경보 장치도 먹통이다. 덤으로 고정 전화는 사용할 수 없으며, 휴대전화도 이용량이 집중되면 통화가 제한될 수 있다고 한다.

재해는 아니니까 며칠이나 같은 상태가 계속되는 건 아니다. 먹을 것과 마실 것을 비축해두면 일단 생활은 가능할지도 모른다. 건전지식 텔레비전과 라디오가 있으면 정보도 얻을 수 있으리라. 하지만 실제로 그런 상황에 처했을 때를 상상해보면 제법 무섭다. 무엇보다도 방범 측면이 걱정이다. 무슨 일이 일어나도 전화를 못 쓰니 경찰에 신고가 한참 늦어진다. 그걸 예상한 범죄가 정전 직후에 우후죽순으로 발생하지 않을까 심히 우려된다. 또한 범죄가 아니더라도 예를 들어 갑자기 환자가 발생했을 경우 어떻게 병원에 연락하느냐도 문제다.

3년 전에도 비슷한 문제로 세간이 술렁였다. 2000년 문제*다. 무슨 사태가 일어날지 모르니 식량을 사흘 치는 확보해두는 편이 좋다는 공고가 나기도 했다. 결과는 알

* 1999년 12월 31일에서 2000년 1월 1일로 넘어갈 때 컴퓨터가 날짜나 시각을 다루는 과정에서 오류가 일어나는 문제.

다시피 거의 아무 일도 일어나지 않았다. 대응이 탁월했다는 견해도 있지만 애당초 그렇게 걱정할 일은 아니었지 않았을까, 라는 의견도 많았다. 실은 나도 후자에 속한다.

하지만 이번에는 다르다. 단순한 산수다. 전력 수요가 공급을 웃돌면 확실히 정전된다. 그에 따른 혼란이 발생하지 않으리라고 낙관하기는 어렵다.

새삼 인간은 전기에 너무 의존해 살아가는 게 아닌가 싶다. 하지만 이제 방향을 전환하기는 불가능하리라. 방향 전환은커녕 앞으로 더더욱 전기를 필요로 할 것이다. 일본은 특히 그렇다. 고령화가 이대로 진행되면 문명의 이기의 도움 없이는 생활이 불가능한 사람이 늘어나리라. 그렇듯 편리한 기구들의 에너지원은 대체로 전기다.

실제로 전력 회사의 발전량은 해마다 증가해왔다. 전기 회사 입장에서 전기라는 상품이 팔리는 건 바람직한 일이므로 수요에 대응할 수 있도록 발전소를 늘려왔다. 그 결과 이용자는 전기를 '당연히 있는 것'으로 받아들이게 됐다. 생활비가 걱정될 때만 절전을 의식할 뿐, 사회 전체의 문제로 받아들이지는 않게 되었다.

그런데 지금 그 신화가 흔들리고 있다. 신화를 지탱해온 것이 국민의 동의를 한 번도 제대로 얻지 못한 원자력 정책이기 때문이다.

국가는 왜 국민에게 적극적으로 원자력에 대한 이해를 구하려 하지 않았을까. 분명 홍보는 하고 있다. 하지만 '원자력은 대단하다'는 미사여구를 늘어놓을 뿐, 진정한 정보 공개는 극구 거부해왔다.

예를 들면 위험성에 대해서다. 국가와 전력 회사에서 내놓는 말은 '아무튼 안전하다'라는 한마디뿐이다. 구체적인 데이터로 근거를 제시하라고 하면 바로 말이 흐지부지해진다.

1995년에 오사카에서 고속증식로 '몬주 발전소'의 운행을 두고 토론회가 열렸다. 그때 반대파에서 만약 운행 중에 대지진이 발생하면 '몬주 발전소'는 어떻게 되느냐는 질문을 내놓았다. 토론회 한 달 전에 한신·아와지 대지진이 발생했으므로 간사이 지방에 거주하는 사람이 걱정하는 것도 당연하다.

하지만 그에 대한 당시 동연*의 답변은 이랬다.

"'몬주 발전소'가 위치한 지대에서 발생할 수 있는 최대 규모의 지진을 상정해 시뮬레이션해보았는데, 전혀 영향이 없는 것으로 확인됐습니다."

물론 이런 대답으로는 질문자를 납득시킬 수 없다.

* 동력로·핵연료 개발 사업단의 준말. 현재는 일본 원자력 연구 개발 기구.

한신·아와지 대지진급의 지진이 발생해도 괜찮은지 알고 싶은 것이다. 하지만 그 질문에는 오로지 '그런 규모의 지진은 발생하지 않는다'라는 답변으로 일관했다.

"발생하면 어떻게 되냐고 묻는 겁니다." 질문자는 물고 늘어졌다.

"그러니까 발생하지 않는다고요. 일어나지 않을 일을 상정해봤자 아무 의미도 없습니다." 동연 측은 얼렁뚱땅 넘어가려고 했다.

실은 이 토론회 일주일 전에 '몬주 발전소'에 취재를 다녀왔다. 홍보 담당자는 일주일 후에 있을 토론회에 관해 이렇게 말했다.

"'반대파'는 불평을 토할 생각밖에 없으니까 뭘 어떻게 설명해도 헛수고입니다. 일단 가기는 갑니다만 어차피 이해는 얻지 못할 거예요. 뭐, 생트집이나 잡히지 않도록 조심해서 정해진 시간이 지나가기만을 기다려야죠."

즉, 동연 측은 상대의 의문에 적극적으로 대답하려는 의지가 애초에 없었다. 질문에 대답하는 척하며 논쟁을 극구 피할 생각뿐이었다고 할 수 있겠다.

원자력발전소 입지 선정을 둘러싸고 각지에서 집회가 열렸을 때도 거의 마찬가지 대응이었다. 전력 회사는 반대파를 설득하려 하지 않고, 그들의 질문을 어름어름

넘길 뿐이다. '만약 XX한 사태가 발생하면 원자력발전소는 어떻게 되냐'고 물어도 '그런 사태는 일어나지 않는다'라는 답변밖에 돌아오지 않는다. 이래서야 '그놈들은 진실을 숨기고 있다'고 의심받아도 할 말이 없다.

원자력발전소 추진파의 마음도 모르는 바는 아니다. 그들에게도 그들 나름대로 신념을 뒷받침할 만한 데이터가 있을 것이다. 하지만 그걸 모조리 아마추어에게 이해시키기는 어렵다. 그렇다고 어중간하게 정보를 제시하면 오히려 그걸 빌미로 더욱 공격당할 우려가 있다. 그럴 바에야 '아무튼 안전합니다, 사고는 발생하지 않습니다' 하고 구관조처럼 되풀이하는 편이 무난하다 그거다.

하지만 그런 태만이 현재의 사태를 초래한 것은 명백하다. '사고는 발생하지 않는다'라는 말로 일관하며 밀어붙인 결과, 사소한 사고조차 공표하기 어려워지고 말았다. 궁여지책으로 그들은 '현상'이라는 말을 자주 사용한다. 문제가 발생해도 "그건 사고가 아니라 그러한 현상이 나타났다는 걸 가리킵니다"라고 표현하는 것이다.

그런데 '현상'으로 치부하고 넘어갈 수 없는 말썽이 발생하면 어떻게 될까. 공론화를 피할 수 없는 사태라면 '사고'로 다룰 수밖에 없다. 하지만 관계자 말고는 모르는 문제라면?

도쿄전력의 사고 은폐는 위와 같은 과정을 거친 결과로 추정된다. 좀 더 콕 짚어 말하자면 원자력발전을 진심으로 국민에게 이해시키려 하지 않았던 응보가 지금 돌아온 셈이다.

과학기술에 말썽은 으레 따르는 법이다. 말썽이 있을 우려는 없다는 말로 얼렁뚱땅 넘어가지 말고, 모든 위험성과 그 확률을 공표한 후 국민이 선택하게 하면 된다.

물론 원자력발전과 에너지 문제에 전혀 관심이 없었던 우리 국민들에게도 책임은 있다. 윤택한 삶에는 위험이 따른다는 것을 알고 자신들의 미래 정도는 스스로 선택할 수 있을 만한 지식을 갖추어야 한다.

이 졸문이 게재될 무렵에는 전력 수요가 절정에 이를지도 모르겠다. 전기를 자유로이 사용할 수 없어졌을 때, 도쿄 사람들이 현재 정지된 원자력발전소에 대해 어떻게 생각할지, 반응이 참 기대된다.

아무 생각도 없는 사람이 대다수겠지만.

《다이아몬드 LOOP》 2003년 8월호

하이테크의 벽은 하이테크로 깨진다

이상 사태가 발생했다. 전국에서 서점이 어마어마한 기세로 줄고 있다. 책이 팔리지 않는 시대라서만은 아니다. 팔리지 않을 뿐이라면 차라리 낫다. 서점은 팔다 남은 책을 반품해서 손실을 면할 수 있기 때문이다. 그들을 궁지로 모는 건 팔리지도 않은 책이 없어지는 현상이다. 팔리지 않았으니 수입은 없다. 게다가 책이 없으니 반품도 못 한다. 결국 매입금만 사라지는 셈이다.

물론 좀도둑질을 가리키는 것이다. 서점 한 곳당 연간 피해액은 평균 210만 엔에 이르며, 이는 이익의 5~10퍼센트나 차지한다고 한다. 가게를 접는 곳이 속출할 만도 하다.

슈퍼나 편의점도 좀도둑질로 피해를 입는다. 하지만 그런 가게와 서점의 결정적인 차이는 좀도둑의 목적이다. 슈퍼 등에서 범인들은 '그게 가지고 싶으니까' 훔친다. 때로는 스트레스를 해소하기 위해 훔치는 사람도 있는 모양이지만, 아무튼 좀도둑질이라는 행위로 그들은 목적을 달성한다.

옛날에는 서점에서 발생하는 좀도둑질도 마찬가지였다. 책이 필요하지만 도저히 살 형편이 안 되는 사람이 몰래 훔쳤다. 하지만 지금은 다르다. 좀도둑들은 책에 흥미가 없다. 그들이 원하는 건 현금이다. 책은 그 대체재에 지나지 않는다.

범인들은 책을 훔친 그 길로 요 몇 년 새 급증한 중고서점에 간다. 거기 가면 훔친 책을 사주기 때문이다. 이를테면 좀도둑들에게 신간 서점은 현금이 무방비하게 진열된 공간이다. 이래서는 절도를 방지하기가 어렵다.

그래서 현재 그 대책으로 IC 태그 도입을 검토 중이다. IC 태그란 메모리 내부 정보를 무선으로 주고받음으로써 물품 관리와 자동 식별을 행하는 디지털 미디어다. 바코드와 비교해 추가 정보 기입과 수정이 자유로운 점 등 지금까지는 없었던 특징이 있다. 그 자체에 정보가 내장되어 있으므로 데이터베이스에 조회할 필요도 없다.

출판업계는 책 뒤표지에 바코드를 인쇄하는 대신 책 표지에 IC 태그를 심는 방안을 검토하고 있다. 유통과 판매 업무 효율화에 활용할 수 있는 것은 물론이고, 좀도둑질 방지 효과가 가장 크게 기대된다. 서점 출입구에 센서를 설치하면 계산대에서 계산하지 않은 책이 밖으로 반출될 때 확인이 가능하다. 중고 서점에도 리더기를 설치하면 부정한 수단으로 손에 넣은 책을 판별할 수 있다.

《아사히신문》에 실린 사진을 보신 분도 많겠지만, IC 태그는 놀랄 만큼 작게 만들 수 있다. 손가락 지문 사이에 들어갈 정도다. 과연 이거라면 표지에 심을 수 있겠구나 싶었다. 물론 나름대로 비용은 들겠지만 유통과 업무 효율화 효과로 상쇄할 수 있다고 한다.

IC 태그는 좀도둑질 방지에 도움이 될 것이다. 적어도 지금까지처럼 중고등학생(때로는 초등학생)이 훌쩍 들러서 한몫 챙기는 일은 없어질지도 모르겠다. 하지만 과연 효과가 영원히 유지될까. 범죄의 세계가 그렇게 만만하지는 않을 것 같다.

전화 카드가 나온 당시만 해도 NTT*는 자신만만했다. 위조도 부정행위도 불가능할 것이라며 콧대가 높았

* 일본전신전화 주식회사.

다. 하지만 현실은 어떠했는가. 무제한으로 사용할 수 있는 전화 카드를 아키하바라에서 강매당할 뻔한 사람이 적지 않을 것이다.

하이테크를 활용한 방어책은 하이테크로 깨진다—이것이 내 지론이다. 그리고 하이테크 방어책이 깨졌을 때의 타격은 그 방어책이 사용되기 전보다 크다.

예를 들어 다음과 같은 시나리오를 생각해보자.

IC 태그가 도입되어 좀도둑질이 줄어들었다고 치자. 서점은 안심할 것이다. 그럼 지금까지 좀도둑질 방지에 들였던 수고와 비용을 줄일 것이 틀림없다. 즉, IC 태그만 없으면 방비가 아주 허술해지는 셈이다.

이때 범죄자가 나타난다. 그 또는 그녀는 IC 태그를 무력화할 방법을 고안한다. 예를 들어 IC 태그의 내용을 수정하는 장치를 개발하면 어떨까. 그 장치를 사용하면 계산대를 거치지 않고도 '계산 완료'라는 정보를 태그 안에 넣을 수 있다.

그렇듯 거창한 범죄를 꾸미려는 인간은 극소수일 테고, 지금까지처럼 손쉽게 좀도둑질을 하던 자들과는 싹수부터 다르다는 의견이 나올 것 같다. 확실히 그러하리라. 하지만 이런 유의 범죄는 급속도로 전파되며 점점 쉽고 간편해지는 법이다.

범죄자들이 휴대전화로 IC 태그를 무력화하는 전파를 방출하는 방법을 고안한다면 어떨까. 게다가 그걸 위해 프로그램 하나만 휴대전화에 깔면 된다면.

그 프로그램은 인터넷을 통해 급속도로 몰래 퍼져나가리라. 'IC 태그 속이기'는 누구나 할 수 있는 손쉬운 범죄로 변한다. 좀도둑질의 공포에서 해방됐다고 방심하던 서점 주인들이 그 파도에 휩쓸렸음을 깨달았을 때는 이미 늦었다.

실제로 이 같은 사태가 벌어질지 아닐지는 모른다. IC 태그로 만든 방벽은 좀 더 굳건할 수도 있다. 하지만 하이테크를 과신하는 건 금물이다. 어디까지나 방어책 중 하나로 받아들여야 한다.

범죄 방지에는 역시 로테크가 제일이라고 생각한다. 로테크 예방책을 깨려면 범죄자도 로테크를 사용해야 하기 때문이다. 그리고 로테크는 하이테크만큼 손쉽지 않고 노력과 시간이 요구된다. 노력과 시간은 좀도둑이 가장 싫어하는 요소다.

한 가지 방안을 제안하자면 모든 서점에서 계산할 때 서점 도장을 찍으면 어떨까 싶다. 그러면 정식으로 구입한 책에는 반드시 서점 도장이 찍혀 있는 상황이 만들어진다. 책을 훔쳐 중고 서점에 팔아먹으려는 사람에게는 몹시 불리한 상황이다. 왜냐하면 훔친 책에는 도장이 없고, 이는 부정한 방법으로 손에 넣었다는 명백한 증거이기 때문이다. 또한 책을 훔친 범인을 붙잡았을 때 "이 책은 다른 가게에서 산 거다"라는 변명을 막는 효과도 있다.

좀도둑들은 로테크로 대책을 강구하고자 할 것이다. 바로 서점 도장 위조다. 하지만 노력과 시간이 필요할 뿐 아니라 범인들의 안전을 완벽하게 보장하지는 못한다. 게다가 걸리면 절도죄에 위조죄까지 추가된다.

IC 태그를 활용한 하이테크 방지책도 좋지만, 이러한 로테크 방지책도 서점 사람들이 꼭 한번 검토해주었으면 한다.

이런 생각을 하고 있는데 이번에는 '디지털 좀도둑질'이라는 말이 들려왔다. 무슨 말인가 싶어 자세히 알아보니 휴대전화 카메라를 이용해 잡지 등에 실린 정보를 유출하는 걸 가리킨다고 한다. 요컨대 잡지를 서서 읽는 대신 필요한 정보가 실린 페이지를 카메라로 찍어 가는 것이다.

그런 짓을 하는 인간은 원래부터 잡지를 사지 않는 사람이리라. 그러므로 피해액이 어느 정도일지는 상상이 되지 않는다.

아무튼 한 가지 확실한 건 하이테크 기기 개발자에게

새로운 기술이 범죄에 어떻게 사용될 것이냐, 하는 시점이 결여되어 있다는 점이다.

또 하나, 우리 나라 사람 대부분은 책을 사는 사람이 없으면 책이 사라진다는 사실을 모른다.

《다이아몬드 LOOP》 2003년 9월호

저작물을 망치는 것은 누구인가

요전에 '대여권연락협의회'라는 곳에서 기자회견이 열려 나도 참석했다. 협의회 구성원은 만화가, 작가, 카메라맨 단체 대표자 및 출판 관련 단체 대표자 등이다. 나는 일본추리작가협회에서 대여권 문제를 담당하는 상임이사 자격으로 참석했다.

기자회견에서는 출판물에도 대여권을 인정하도록 주장해나가자는 취지의 성명이 발표됐다.

대여권이란 저작물이 대여될 때 작자에게 발생하는 권리를 가리킨다. 기본적으로는 모든 저작물이 그 대상이지만, 현재 대여권을 인정받는 건 음악과 영상뿐이며 출판물에는 '현재로서는 적용하지 않는다'라고 되어 있다.

이유는 여러 가지지만 도서 대여업이라는 직종이 이미 정착된 데다 도서 대여 행위에 따른 출판업계의 손실이 적었다는 것을 가장 큰 이유로 들 수 있다.

하지만 최근에 대대적으로 책을 빌려주는 업자가 나타났다. 만화책이 주된 상품이지만, 베스트셀러 문예서도 그런 가게에 진열된다.

앞서 말했듯이 현재 출판물에는 대여권이 인정되지 않는다. 즉, 돈을 받고 빌려주는 행위로 타인의 저작권을 침해해도 아무 처벌도 받지 않는다. 저작권료를 지불할 필요도 없다. 이렇게 수지맞는 장사가 성행하지 않을 리 없으므로 법률을 이대로 방치해두면 앞으로 이런 유의 가게가 폭발적으로 늘어날 것이다. 실제로 서적에 대여권이 없는 한국에서는 10년쯤 전부터 도서 대여점이 연이어 문을 열었다. 1993년에는 0개였던 점포 수가 1998년에는 2만 개로 늘어났을 정도다. 한국 젊은이들은 이제 책(특히 만화책)은 사는 것이 아니라 빌리는 것으로 인식하는 모양이다. 그런 상황에서 신간이 팔릴 리 없으니 매출은 10년간 10분의 1로 떨어졌다. 도서 대여점이 등장하기 이전, 1993년에 5천 개가 넘었던 서점도 2003년에는 절반 이하로 줄었다니 놀라울 따름이다.

그런데 신간이 팔리지 않아 서점이 줄어들면 어떻게

되는가. 당연히 경영 부진에 빠지는 출판사도 속출한다. 그 결과 신간을 내기 힘들어진다. 그러면 도서 대여점에 구비되는 상품의 질도 낮아지므로 손님의 발길이 뜸해진다. 앞서 한국에서 도서 대여점이 2만 개까지 늘어났다고 했는데, 실은 2003년 시점에 8천 개로 줄어들었다. 독자가 지불한 돈으로 새로운 작품이 만들어진다는 당연한 순환 논리가 망가져 독서 문화 자체가 쇠퇴한 것이다.

미리 말해두는데 대여업을 부정하는 건 아니다. 때로 활성제 역할을 한다는 건 잘 안다. 좋은 예가 비디오다. 비디오 대여점이 보급됨으로써 한때 절망적으로 쇠퇴했던 일본 영화계가 소생했다는 건 누구나 다 아는 사실이다. 영화 흥행 수입이 설령 목표에 도달하지 못하더라도 비디오 수익으로 부족분을 충당한다는 게 이제 영화 제작자들 사이에서는 상식이다. 잘만 공존하면 대여업이 늘어나는 건 창작자들에게 결코 마이너스 요소가 아니다. 하지만 여기에는 당연히 대여업으로 거둔 수익의 일부가 창작자에게 환원된다는 대전제가 있어야 한다. 현재 상태로는 도서 대여점에서 책 한 권을 몇천 명에게 빌려주든, 작가에게는 책 한 권분의 인세밖에 들어오지 않는다. 출판사를 비롯해 책 제작에 관여하는 회사에 들어오는 매출도 마찬가지다. 이래서야 도서 대여업자는 작가들의 적에 지나지 않는다. 도서 대여라는 사업을 건전하게 유지하기 위해서는 대여권이 반드시 필요하다.

하지만 대여권을 획득한다고 반드시 저작권이 지켜지는 건 아니다. 이 세상에는 단속할 방도가 없는 저작권 침해 행위가 산더미처럼 많기 때문이다. 대표적인 예가 바로 복제다. 가장 심하게 피해를 보는 곳은 역시 음악업계이리라.

레코드를 테이프에 녹음해서 듣는 건 옛날부터 성행해왔다. 레코드 회사도 그건 용인했다. 아날로그 레코드는 섬세한 물건이라 들으면 들을수록 음질이 나빠지기 때문이다. 레코드를 소중히 아끼는 사람들일수록 더더욱 테이프에 녹음해서 듣곤 했다. 또한 아날로드 레코드에서 테이프에 녹음하면 음질이 원래보다 나빠진다는 성질도 복제를 용인한 이유일 것이다.

하지만 지금은 사정이 다르다. CD에서 CD로, 음질에 한 점의 티도 없이 완벽하게 복사된다. 일찍이 CD 불법 복사 하면 컴퓨터 프로그램에 대한 행위를 뜻했다. 아키하바라 등지에서 포토샵을 비롯해 고가의 프로그램이 담긴 CD를 염가에 판매한다는 광고지를 받아본 사람도 많지 않을까. 그 무렵에는 아직 컴퓨터의 일반 가정 보급률이 그리 높지 않았다. 컴퓨터 메모리 용량도 작고, CPU

연산 속도도 지금처럼 빠르지 않았다. 하지만 컴퓨터가 급속도로 보급되는 동시에 성능도 비약적으로 향상되자 누구라도 간단히 복제 CD를 만들 수 있게 되었다. 누군가 원본 CD를 입수해 아는 사람에게 돌리면 복제 CD는 기하급수적으로 퍼져나간다. 더 이상 살 필요도 없거니와 빌릴 필요조차 없다. 대여업자가 "이제 CD로는 장사가 안 된다" 하고 한탄할 지경이다.

누군가 원본 CD를 입수해 아는 사람에게 돌리면, 이라고 했는데 여기에도 무시무시한 수법이 일반화되어 있다. 바로 인터넷이다. 전자메일로 지인들과 주고받는 정도라면 그나마 봐줄 만하지만, 이미 도를 넘어섰다. 이제는 신곡이 발매되자마자 데이터화되어 인터넷에 퍼질 정도다. 더 이상 '아는 사람에게 돌리는' 수준이 아니다. 모르는 사람에게까지, 그야말로 전 세계에 불법 복사된 음원이 뿌려진다. CD 매출이 해마다 격감한다는데 이런 상황에서는 그럴 만도 하다. 음악업계를 덮친 저작권 침해의 높은 물결을 생각하면, 우리가 맞붙은 대여권 문제는 콩알같이 작게 느껴질 지경이다.

하지만 음악업계를 뒤덮은 위기는 강 건너 불이 아니다. 언젠가는 같은 물결이 밀려오리라는 걸 다른 업종도 예상하고 있어야 한다.

현재 복제 영상 유포는 인터넷상에서 판칠 정도에 이르지 못했다. 데이터량이 방대해 내려받는 데 시간이 너무 많이 걸리기 때문이다. 화질을 선명하게 유지하려면 한층 더 어려워진다. 하지만 반대로 말해 컴퓨터가 발전을 거듭하면 언젠가는 영상도 음악과 같은 취급을 당할 우려가 있다는 뜻이다.

출판계도 안심하고 있을 수는 없다. 종이책을 안이하게 전자책으로 변환해도 될 것인가 다시 한번 고심해야 한다. 종이책라고 방심은 금물이다. 활자를 스캐너로 읽어 텍스트 데이터로 변환하는 소프트웨어가 나온 지 몇 년이나 지났다. 아직 빠뜨리는 글자가 많은 모양이지만 언젠가는 정확하게 읽어내는 날이 올 것이다. 그때 신간 서적 텍스트 데이터가 인터넷에 퍼지지 않으리라고 누가 장담하겠는가. 사진집 같은 책은 이미 피해를 보고 있다.

책을 사서 읽는 독자는 우리에게 신이다. 사지는 않지만 빌려서 읽는 독자는 신 후보라 할 수 있으리라. 하지만 그들 중에는 악마 후보도 있다.

《다이아몬드 LOOP》 2003년 10월호

그들을 어떻게 살찌울까

살을 빼고 싶어 하는 사람은 많다. 여자는 특히 그렇다. 살이 찌기는커녕 말라 보이는 여자도 살찔까 봐 몹시 겁낸다. 그리고 그런 상황을 반영해 세상에는 다양한 다이어트법이 범람하고 있다.

대체 다이어트법이 얼마나 많은지 궁금해서 잠깐 알아보니 다음과 같은 것들이 있었다.

덤벨 체조 다이어트, 저인슐린 다이어트, 음이온수 다이어트, 귀 혈자리 다이어트, 허브 다이어트, 국립 병원 다이어트, 골반 교정 다이어트, 단식 다이어트, 발 혈자리 다이어트, 아미노산 다이어트, 스트레칭 다이어트, 혈액형 다이어트, 저녁밥 거르기 다이어트, 발아 현미 다이어트—아직 한참 남았지만 한도 끝도 없으므로 이쯤 해두겠다.

이러한 다이어트가 얼마나 효과가 있는지는 모르겠다. 혈액형 다이어트는 이름부터 좀 수상쩍다. 반대로 단식 다이어트는 설득력이 특출하다. 그야 반드시 빠지겠다는 생각이 든다.

그런데 이러한 다이어트를 정리해보면 크게 두 종류로 나눌 수 있다. 요컨대 식사 제한을 하느냐, 효율 좋게 칼로리를 소비하는 운동을 하느냐다. 덧붙여 둘 다 규칙적으로 꾸준히 해야 한다는 공통점이 있다.

차례차례 다른 다이어트법에 도전했다가 좌절하는 사람들은 대부분 이 '규칙적으로 꾸준히'의 벽을 넘지 못한 것이라 볼 수 있다.

아널드 슈워제네거는 다이어트나 트레이닝을 특별시해서는 안 된다고 말한다.

"이를 닦거나 세수하는 것과 마찬가지입니다. 이 닦기와 세수를 꾸준히 하지 않는 사람은 없죠? 일상생활에 녹여 넣는 게 무엇보다 중요해요."

예순 살 가까이 돼서도 완벽에 가까운 육체를 자랑하는 아널드 슈워제네거다운 말이다. 하지만 보통 사람은 이게 좀처럼 안 된다. 욕망을 억제하고 고통을 감내하는 습관을 기르기가 어디 쉬운 일인가. 즉, 질병 치료를 목적으로 하는 경우를 제외하면 다이어트는 좌절하는 게 당연하다.

하지만 좌절했다고 자책하는 건 좋지 않다. 뭘 해도 오래가지 못한다며 자학하고 스트레스를 받으면 결국 자포자기해 예전보다 더 먹고 더 살찌는 최악의 악순환이 찾아온다.

다이어트는 원래 부자연스러운 짓이니까 계속하지 못하는 게 당연하다 받아들이고 끙끙 속앓이를 하지 말아야 한다. 좀 살찌면 어때서?

젊은 여성뿐만 아니라 요즘 사람들은 살찌는 것에 너무 민감하게 반응하는 경향이 있다. 스포츠 선수나 생활습관병이 있는 사람이라면 모를까, 거기에 해당하지 않는 사람은 일단 건강을 최우선으로 여겨야 하지 않을까. 과격한 다이어트로 몸이라도 망가지면 그보다 어리석은 짓은 없다.

아니, 애당초 정말로 살이 쪘는지부터가 의문이다. 표준 체형인데도 주변 분위기에 휩쓸려서 살쪘다고 멋대로 믿어버리는 건 아닐까.

다이어트 식품을 판매하는 모 회사의 홈페이지에 들어가봤는데 '당신의 비만도를 알려드립니다'라는 코너가 있었다. 키와 몸무게를 입력하면 순식간에 비만도를 알려주고, 어떤 다이어트 코스를 선택하면 좋은지 조언해준다는 것이다.

내 키와 몸무게를 입력하자 다음과 같은 문장이 떴다.

'표준 체중입니다만 좀 더 날렵해 보이고 싶지 않으세요? 2킬로그램 감량 코스를 추천해드립니다.'

이것만 읽으면 내 몸무게는 이상보다 2킬로그램 많게 느껴진다. 그래서 실제 몸무게보다 2킬로그램 줄여서 다시 입력해보았다. 그러자 놀랍게도 조금 전과 완전히 똑같은 문장이 떴다. 오기가 생겨 2킬로그램 더 줄여서 입력해보았다. 결과는 다름없었다.

몇 번 되풀이하자 이런 문장이 떴다.

'너무 마르셨네요. 체력 향상 코스를 추천해드립니다.'

의아해할 것 없다. 애당초 이 프로그램에 이상적인 몸무게라는 개념은 존재하지 않았다. 그저 너무 마른 범위에 들어갈 때까지 살을 빼라고 다그칠 뿐이다.

이런 걸 얼마나 많은 사람들이 곧이곧대로 받아들이는지는 모르겠지만, 건강을 다루는 회사로서 무책임하다는 것만은 확실하다. 딱히 살찌지 않은(너무 마르지도 않고 날씬한) 여자가 이걸 해보고 어떻게든 지금보다 2킬로그램 빼겠다는 각오로 다이어트에 도전했다가 좌절해 앓서 말한 악순환에 빠질 위험성이 없다고 어느 누가 장담하겠는가.

이 프로그램과 똑같은 일이 일상에서도 일어나고 있다. 요 몇 년 새 일본인이 이상적으로 생각하는 몸매가 확 바뀐 듯하다. 극단적으로 말하면, 마르면 마를수록 아름답다고 여길 정도로 말이다. 현재 이러한 경향에는 제동장치가 없는 것처럼 느껴진다.

위와 같은 이유로 다이어트에는 상담이 꼭 필요하다. 뚱뚱하다는 당사자의 고민이 타당한지, 단순한 걱정에 지나지 않는지부터 일단 명백하게 밝혀야 한다. 그 후에 정말로 다이어트가 필요하다고 판단되면 그 사람에게 알맞은 방법을 지도하면 된다.

문제는 어디서 그런 상담을 받느냐는 건데, 역시 공공시설이 바람직하다. 다이어트 산업에 손댄 기업이 그런 서비스를 제공해본들 미덥지 못하다. 악질적인 가발 제조사와 마찬가지로 필요 없는 사람에게까지 상품을 팔아먹으려 할 게 뻔하다.

요즘은 공공 스포츠 시설이 상당히 알차다. 개중에는 피트니스 클럽 빰치는 설비를 갖춘 곳도 있다. 기계에 돈을 들이는 것도 좋지만, 우수한 다이어트 상담사를 배치할 필요도 있지 않을까.

내 생각에 다이어트를 해야 할 사람은 그렇게 많지 않다. 하지만 앞으로 계속 지금처럼 생활해도 괜찮다는 뜻은 아니다.

많은 현대인이 운동 부족인 건 확실하다. 덧붙여 식생활 불균형도 심화되고 있다. 극단적으로 말하면 우리 모두 생활 습관을 재검토할 필요가 있다는 뜻이다.

또한 육체 자체가 퇴화하고 있는 위험한 현상에도 눈길을 주어야 한다. 예를 들어 요즘 젊은이는 땀을 별로 흘리지 않는다. 활성화된 모공 수가 적기 때문이다. 그 원인이 에어컨이라는 걸 아는 사람은 다 안다. 모공 숫자가 결정되는 3세까지 땀을 많이 흘리지 않으면 자연스레 모공 숫자도 줄어든다. 땀을 흘리지 않으면 노폐물을 배출하는 능력이 떨어지며, 당연히 신진대사가 좋지 못하다는 뜻도 된다. 그래서는 장차 다이어트가 필요해질 게 확실하다.

한편으로는 건강하지 않은 몸으로 이어지는 토대를 만들고, 다른 한편으로는 불필요할 만큼 살찌는 걸 경계한다. 우리는 언제까지 덜떨어진 병 주고 약 주기를 계속할 것인가.

《다이아몬드 LOOP》 2003년 11월호

사람을 어디까지 지원할 것인가

차를 바꿔야 할지 망설이고 있다. 지금 차는 딱 10년을 탔고 주행거리도 약 10만 킬로미터다. 탈이 난 곳은 없지만 탈이 생기고 나면 늦으므로 고민하고 있다.

오랜만에 카탈로그를 들여다보니 즐겁다. 일찍이 자동차 관련 회사에 다녔기 때문에 자동차 부품 이름을 보면 반가운 마음이 들기도 한다.

하지만 전혀 반갑지 않은 것도 있다. 바로 내비게이션이다.

10년 전에는 별로 일반적이지 않았지만 지금은 당연히 장착되는 물건이다. 예전에는 수십만 엔이나 했지만 지금은 그 10분의 1 정도 가격으로 고성능 내비게이션을 구할 수 있다.

나도 몇 번인가 구입을 검토하기는 했다. 친구들과 차를 몰고 어디 갔을 때 내비게이션이 있다는 걸 전제로 이야기가 진행되어 난감했던 적이 있었기 때문이다. 주유소나 편의점을 찾기 쉬워 편리하다 싶기도 했다.

하지만 결국 지금도 사용하지 않는다. 가장 큰 이유는 도로 지도를 보며 드라이브하는 걸 좋아하기 때문이다. 더듬더듬하며 내비게이션 입력에 애먹을 바에야 지도를 척 펼치는 게 낫다. 확실히 일본의 도로는 알아먹기 힘들게 만들어져서 갓길에 차를 대고 지도를 들여다봐도 지금 내가 어디 있는지 모르는 사태가 종종 발생한다. 하지만 길이야 좀 헤매도 상관없다고 생각한다. 멀리 빙 돌아간 덕분에 뜻밖의 발견을 할 때도 적지 않기 때문이다. 가끔은 그러다 지름길을 찾을 때도 있다.

요즘은 낯선 지역에서 렌터카를 빌리면 대개 내비게이션이 달려 있다. 목적지를 입력하고 유료도로 사용 여부를 결정한 후에는 아무것도 안 해도 된다. 기종에 따라 좀 헤매기도 하지만 완전히 엉뚱한 방향으로 가는 일은 없다. 확실히 편리하다.

하지만 길은 전혀 못 외운다. 내비게이션 화면에는 현재 자기 위치와 그 주변의 아주 좁은 범위만 나타난다.

그래도 운전에 지장은 없고 목적지까지 갈 수는 있지만, 대체 어떤 경로를 지나왔는지 전혀 기억에 안 남는다. 출발지와 도착지의 위치 관계도 잘 모르기는 마찬가지다.

알고 지내는 젊은 편집자가 최근에 차를 샀다. 지방 출신이다 보니 도쿄에서는 처음 운전해본다는데 휴일만 되면 새 차를 끌고 드라이브에 나서는 모양이다. 놀랍게도 도로 지도 없이 말이다. 이제는 그게 상식인 시대다.

그런데 도쿄와 주변 지리에 익숙해졌냐 하면 전혀 그렇지 않다고 한다. 어디에 가든 내비게이션이 필요하고, 행선지를 입력하지 않으면 차를 출발시킬 엄두도 못 낸다고 한다.

워드프로세서의 폐해와 비슷하다 싶었다. 워드프로세서가 보급되자 누구나 어려운 한자를 간단히 구사해 문장을 쓸 수 있게끔 됐다. 하지만 그 한자를 직접 써보라고 하면 이야기가 달라진다. 더 나아가 예전에는 알고 있었던 한자마저 점점 잊어버린다.

앞으로 이런 운전자가 늘어날 텐데 과연 그래도 괜찮을까. 운전은 그저 차를 조작하는 게 다가 아니다. 어떤 경로를 거쳐 목적지로 향할지 계획을 세우고, 만에 하나 계획이 어긋났을 때는 재빨리 차선책으로 변경하는 것도 운전 기술의 하나다. 내비게이션은 어디까지나 보조 장치다. 그게 없이는 만사 끝이라면, 기계에 조종당한다고 해도 과언이 아니다.

자동차의 진화는 그야말로 눈부시다. 예를 들어 오토매틱 차량의 등장으로 클러치 조작과 기어 변환이 필요 없어졌다. 운전은 훨씬 쉬워졌고 시동이 꺼지는 일도 드물어졌다. 언덕길 주행으로 고생한 추억이 있는 사람은 앞으로 점점 줄어들 것이다. 전자제어식 연료 분사 장치가 어떤 상황에서도 최적의 혼합비를 이루어내 초크밸브를 조작할 필요가 없어졌다. 또한 파워스티어링 덕분에 힘없는 사람도 대형차를 다룰 수 있게 됐다.

자동차를 조작하기 쉬워졌다는 점에서는 고장 날 확률을 제외하면 더할 나위 없이 발전했다고 해도 되지 않을까. 이제 운전자가 운전 기술을 갈고닦으면 된다. 그러면 쾌적함과 안정성도 얻을 수 있을 것이다.

하지만 자동차 회사는 개발 목표를 다음 무대로 옮기기로 했다. 운전자가 갈고닦아야 할 운전 기술 분야에 발을 들이민 것이다. 즉, 운전 지원 장치의 개발이다.

제일 먼저 지위를 확립한 대표 주자는 안티록 브레이크 시스템일 것이다. 노면이 미끄러울 때 급브레이크를 밟더라도 컴퓨터가 네 타이어의 브레이크를 개별적으로

제어해 제동 거리를 최단으로 줄이는 장치다.

실로 뛰어난 발명이다. 하지만 이 장치가 보급되자 젖은 길에서도 아무렇지 않게 급브레이크를 밟는 사람이 늘어난 것도 사실이다. 그래도 아무 탈 없이 운전을 할 수 있다 보니 자신이 얼마나 위험한 짓을 했는지 자각하지 못한다. 길 상태에 따라서는 타이어가 미끄러질 수도 있다는 사실을 학습할 기회마저 사라진다.

뛰어난 지원 장치에는 이러한 위험이 내포되어 있다.

이 잡지 지난 호(《다이아몬드 LOOP》 2003년 11월호)의 특집 기사 「테크놀로지 트렌드 총 예측」에서는 자동차의 미래도 다루었다. 미래에는 페달과 운전대를 조작하면 전기신호가 각 부분을 제어하는 드라이브 바이 와이어 방식이 도입되리라는 예측이었다.

이 이름은 비행기의 플라이 바이 와이어에서 따온 게 아닐까 싶다. 항공기 분야에서는 이미 전기신호로 비행을 제어하는 시스템이 확립되어 있다.

이 시스템이 완성되면 지원 장치를 덧붙이기 쉬워진다. 컴퓨터에 입력된 전기신호의 명령이 부정확하면 보정해서 각 기기에 전달할 수도 있다. 극단적인 예를 들자면 앞쪽에 장애물이 있는데 운전자가 실수로 브레이크가 아니라 액셀을 밟더라도 컴퓨터가 운전자의 판단 실수를 알아차리고 브레이크를 작동시키는 것이다.

분명 안전은 확보된다. 하지만 정말 그래도 괜찮을까. 페달을 잘못 밟은 운전자는 자신이 실수한 줄도 모르고 운전을 계속할 것이다. 실수를 깨우쳐주기 위해 경보를 울리는 등의 방법도 있겠지만 운전자는 일어나지 않은 사고에는 둔감한 법이다. 아무래도 위험했었나 보다고 치부하고 넘어갈 가능성이 높지 않을까 걱정된다.

자동차가 사용하기 쉽고 편리해지는 건 바람직한 일이다. 하지만 지원 장치를 자꾸 추가해 운전자들의 책임감을 낮추고 운전 기술을 향상시키려는 의욕을 빼앗으면 결국 자동차 사회의 파괴로 이어지지 않을까. 왜냐하면 그 사회는 인간이 서로 협력해 쌓아 올려가야 하는 법이기 때문이다.

사람이 다치거나 죽는 사고가 발생했을 때 운전자가 이렇게 말하는 시대가 오지 않기를 빈다.

"내가 그런 거 아니야. 컴퓨터가 그랬어."

《다이아몬드 LOOP》 2003년 12월호

멸종한 것은 멸종한 그대로

현재 어느 잡지에 나팔꽃에 관한 소설을 연재 중이다. 듣고 놀라지 마시라, 그것도 무려 노란 나팔꽃이다.

이렇게 말해도 대부분은 가슴에 딱 와닿지 않으리라. 노란 나팔꽃이면 놀라야 하느냐고 의아해하는 것이 일반적인 반응일 것이다.

나팔꽃은 그 종류가 실로 다양한 식물이다. 나팔꽃 하면 대개 초등학교 때 배운 동그란 꽃을 떠올리겠지만, 그건 대륜나팔꽃이라는 대표적인 품종이다. 실은 색깔과 모양뿐 아니라 꽃과 잎에 다양한 특징을 보이는 변화나팔꽃이라는 일련의 품종이 존재한다. 알기 쉽게 말하자면 돌연변이가 빈번하게 일어나는 식물이다. 이들 중에는 꽃만 보아서는 도저히 나팔꽃인지 모를 품종도 많다.

자, 그런데 내가 왜 노란 나팔꽃에 착안했느냐 하면 그토록 다양한 변화를 보이는 식물인데도 현재 노란 꽃이 피는 품종은 존재하지 않기 때문이다. 그래서 환상의 나팔꽃이라고도 일컬어진다.

물론 이런 일화는 다른 꽃에도 허다한데, 파란 장미가 대표적이다. 다양한 연구 기관이 인공적으로 파란 장미를 만들어내려 했지만 아직 성공한 예는 없다.

성공한 사례로는 카네이션이 유명하다. 산토리의 꽃 사업부가 파란색 효소를 지닌 피튜니아의 유전자를 이용해 본래 존재하지 않았던 파란 카네이션을 탄생시켰다.

하지만 이러한 환상의 꽃들과 노란 나팔꽃에는 근본적인 차이가 있다. 파란 장미와 파란 카네이션은 원래 자연계에 존재하지 않았지만, 노란 나팔꽃은 일찍이 존재했었다.

나팔꽃 재배가 가장 번성했던 시기는 에도 시대 분카분세이기*와 가에이안세이기**다. 당시 문헌에는 노란 나팔꽃이 소개되어 있다. 크림색이 아니라 선명한 노란색이다. 하지만 메이지 시대 이후 변화나팔꽃의 재배가 한때

* 文化文政期, 1804년~1831년.

** 嘉永安政期, 1848년~1860년.

중단되는 바람에 기록에 남아 있는 품종 중 몇 가지가 재현 불가능해지고 말았다. 노란 나팔꽃도 그중 하나다.

내 졸작은 바이오테크놀로지를 이용해 맥이 끊긴 노란 나팔꽃을 다시 만들어내려는 인간의 이야기다. 이 소재를 떠올렸을 때만 해도 낭만 있는 이야기다 싶었다. 하지만 없어진 품종을 부활시킨다는 행위의 의미를 깊이 고찰하는 동안 과연 그렇게 태평한 소리를 해도 될까 싶은 생각이 들었다.

전 세계 곳곳에서 많은 생물이 멸종되고 있다. 일본에서도 따오기가 마침내 멸종됐고, 이리오모테살쾡이도 그 길을 걷고 있다. 그래서 멸종 위기종의 DNA를 보존해 클론 기술로 부활시키는 방법이 검토되기 시작했다.

복제양 돌리가 탄생했을 때 나도 그런 생각이 제일 먼저 떠올랐다. 이제 귀중한 동식물을 잃을 걱정은 하지 않아도 되겠거니 싶었다. 잘하면 고대 생물을 부활시킬 수 있을지도 모르겠다고 몽상했다. 실제로 매머드를 만들어내려는 연구자가 있다. 시베리아에서 발굴된 얼어붙은 화석에서 DNA를 추출해 클론을 만드는 것이다. 상태가 좋은 DNA를 찾아내기는 어렵겠지만 기술적으로는 충분히 가능한 일이다.

그러한 연구에 트집을 잡을 마음은 없으며, 응원하고

픈 마음이 없는 것도 아니다. 하지만 멸종된 생물이 되살아난 이후의 상황을 상상해도 그리 설레지는 않는다. 오히려 석연치 않은 기분이 강하다.

부활한 클론 생물들은 어떻게 취급될까. 다시는 멸종하지 않도록 인간의 관리를 받으며 소중히 보호될까. 아니면 '마음만 먹으면 얼마든지 만들어낼 수 있다'는 이유로 홀대를 당할까. 어느 쪽이든 그리 유쾌한 광경은 아니다. 후자는 말할 것도 없지만 전자도 마찬가지다. 일본의 마지막 따오기가 보호 센터에서 사육되는 광경에는 늘 서글픔이 감돌았다.

우리가 잃어버린 것은 따오기만이 아니다. 따오기가 서식할 수 있는 환경이 먼저 사라졌다. 이리오모테살쾡이가 멸종할까 봐 두려운 건 희귀한 동물이 사라져서 슬프기 때문만은 아니다. 그들이 마음 편히 살아갈 수 있는 귀중한 환경이 세상에서 또 하나 사라진다는 걸 받아들이고 싶지 않아서다.

가령 그들을 부활시킨다 해도 그들이 서식했던 생태계는 파괴된 상태 그대로다. 그런데도 그들을 구했다고 말할 수 있을까. 각 생태계의 상징에 지나지 않는 그들만 되살려본들 잃어버린 모든 것들이 고스란히 돌아오지는 않는다.

물론 이 모든 문제의 장본인은 우리 인간이다. 남획, 서식지 파괴, 가축과의 접촉 등이 유사 이래 일어난 멸종의 주된 원인이다.

즉 인간이 책임을 지겠다면 일단 그들에게서 빼앗은 생태계부터 복원해야 한다. 하지만 그게 가능할까. 기술적으로는 불가능하지 않을지도 모르지만 그러려면 인간들이 그리는 미래도를 바꿀 필요가 있다.

인간은 자신들의 번영을 최우선시한다는 전제 아래 선택을 해왔다. 다른 생물의 성지를 파괴해온 것도 그러한 선택의 결과다. 즉 환경을 되살린다는 건 스스로의 번영을 최우선시하지 않는 식으로 방침을 전환한다는 뜻이다. 거기에 동의하는 사람이 과연 얼마나 될까.

평소 과학 문명으로 지탱되는 도시에서 생활하다 기분 전환을 하고 싶을 때만 인간의 손때가 덜 묻은 곳에 쉬러 가고, 그곳이 문명에 침식되면 '자연을 지키라'며 소리 높여 항의하는 사람이 있다. 하지만 거기 사는 사람들도 과학 문명을 향유할 권리가 있다.

이제 환경을 예전으로 되돌릴 길은 없다고 생각한다.

"즉, 있는 건 있는 그대로 두라는 거죠. 반대로 말하면 사라진 건 사라진 그대로 두라는 겁니다. 어떤 생물이 멸종한 건 그만한 이유가 있었기 때문이에요. 자연에서 인간이 상상도 못 할 만큼 광대한 연쇄 작용을 거친 결과, 노란 나팔꽃은 이 세상에서 사라졌을 겁니다. 그걸 바이오테크놀로지로 부활시키려는 짓은 무슨 영화에서 그랬듯 공룡을 부활시키려는 거나 다를 바 없어요. 그런다고 멸종한 생물과 인간에게 반드시 행복한 결과를 안겨주지는 않습니다."

이건 앞서 말한 연재 소설의 일부로, 노란 나팔꽃을 부활시키려는 주인공에게 나팔꽃 애호가가 하는 말이다. 현재 작가인 나도 주인공과 나팔꽃 애호가 중 누가 옳은지 결론을 못 내렸다.

다만 따오기와 이리오모테살쾡이를 부활시킨다 해도 인간이 속죄했다는 마음을 먹어서는 안 되며, 그런다고 세상이 예전으로 되돌아가는 것도 아니라는 점만은 확실하다. 그들은 지금 세상에서는 살아갈 수 없는 존재이고, 그런 세상을 만든 건 우리 인간들이다. 그리고 인간들은 지금 이 세상이 아니면 살아갈 수 없다.

물론 자연 파괴가 영원히 계속되지는 않으리라. 결국은 끝날 날이 올 것이다. 다만 인간이 끝내지는 않을 것이라 추측한다. 인간에게는 그럴 힘이 없고, 그건 자기부정이기도 하니까.

자연 파괴는 인간이 멸종했을 때 끝날 것이다. 지구는 언젠가 분명 그날이 오리라는 걸 알고서 기다리고 있는지도 모른다.

당신의 DNA가 보존되어 인류가 멸망한 후 누군가 당신의 클론을 만들어냈다고 치자.

그 또는 그녀는 과연 행복할까.

《다이아몬드 LOOP》 2004년 1월호

조사하고 써먹고 잊어버리고

이 에세이 연재를 시작했을 무렵, 과학기술의 진보가 집필 활동에 어떤 영향을 미쳤는지에 대해 적었다. 이래저래 고생스러울 때도 있지만 대체로 편리해졌다는 것이 내 감상이다. 특히 인터넷으로 뭐든지 간단히 찾아볼 수 있는 건 작가 입장에서 아주 고마운 일이다. 물론 본격적으로 취재하려면 실제로 가보거나 관계자와 만나 이야기를 듣는 게 최고지만, 묘사나 설명에 색깔을 약간 입힐 목적이라면 인터넷은 단연 유용하다. 전 세계의 거의 모든 분야를 방 안에 앉아서 조사할 수 있다. 게다가 24시간 오케이니까 늦은 밤에 주로 집필하는 사람에게는 없어서는 안 될 도구라고 해야 하지 않을까.

조사할 때 인터넷과 함께 자주 사용하는 도구가 하나 더 있다. 바로 전자사전인데, 작업실과 거실에 하나씩 놓아둔다. 거실에는 왜 놓아두느냐고 의아해할지도 모르지만, 실은 작업실에서보다 더 자주 사용한다. 잡지를 읽을 때, 텔레비전을 볼 때, 멍하니 담배를 피울 때 문득 뭔가 의문이 떠오르면 바로 찾아볼 수 있도록 해둔 것이다. 예를 들어 음악을 듣다가 이런 의문이 떠올랐다고 치자.

'흑인음악의 랩은 식품 랩과 무슨 관계가 있나.'

곁에 누가 있다면 일단 물어볼지도 모른다. 하지만 내 곁에는 대개 침대에 누운 고양이밖에 없다. 여기서 전자사전이 등장한다. 손끝으로 문자를 또닥또닥 입력하면 간단히 답이 나온다. 음악의 랩은 rap이고 식품 랩의 랩은 wrap이므로 양쪽은 완전히 별개임이 판명된다. 덧붙여 경마 등에서 사용되는 랩타임의 랩은 lap이므로 이 또한 별개다. 랩은 참 다양하구나, 오오 난무乱舞라고 적고 '랏푸'라고 읽는 법도 있네* 하는 식으로 깨알 지식을 얻기도 한다. 내가 애용하는 전자사전에는 백과사전도 내장되어 있으므로 어지간한 의문은 다 해결된다.

교직에 있는 누나도 거실에 백과사전을 놓아두었다.

* 일본어로 랩의 발음은 랏푸다. 난무는 보통 란부라고 발음하지만 랏푸로 발음하기도 한다.

조금이라도 궁금한 게 생기면 바로 찾아보려고 그런다는, 실로 교사다운 마음가짐에서다. 하기야 누나가 가지고 있는 건 합쳐서 스무 권도 넘는 진짜 백과사전이라 책장이 꽉 찰뿐더러 끄집어내는 것도 일이다. 그런 점에서 전자사전은 정말 편리하다.

하지만 아키하바라의 전자상가에서 전자사전을 고를 때 느꼈는데, 여러 회사가 수많은 기종을 출시하는데도 불구하고 백과사전이 내장된 기종은 의외로 적다. 점원에게 물어보니 이런 답이 돌아왔다.

"백과사전이 내장된 기종을 원하는 손님은 별로 없어요. 국어사전이랑 영일, 일영사전만 있으면 사용하기 편하고 최대한 싼 걸 찾으신다고 할까요."

음, 그런가. 백과사전은 없어도 된다는 말인가. 뭐, 소비자가 없어도 괜찮다면야 제조사도 굳이 메모리를 늘리면서까지, 즉 가격을 높이면서까지 내장시킬 마음은 없으리라.

그건 그렇고 대체 어떤 사람이 전자사전을 사 갈까 궁금해서 물어보았다.

"회사원이나 학생이죠."

엇, 학생이? 좀 놀랐다. 요즘 젊은이들은 돈이 있구나.

그러고 보니 최근에 신간 홍보를 위해 몇몇 서점을 돌아다닐 때 한 점장이 이런 이야기를 했다.

"신학기 시즌이 돼도 사전류는 안 팔립니다. 예전에는 어느 정도 판매량이 기대됐는데 지금은 학생들이 사질 않아요."

그 이유로 역시 전자사전을 들었다. 나는 여기서도 요즘 학생은 주머니 사정이 넉넉한가 보다는 감상을 꺼내놓았다. 그러자 점장은 이렇게 말했다.

"돈이야 부모님이 내죠. 국어사전, 영일, 일영사전, 한자사전을 따로따로 사면 가격이 엄청나니까요. 전자사전 하나만 구입하는 편이 결국 싸게 치일 때도 있어요."

몰랐는데 요즘은 학교에 전자사전을 가지고 가도 된다고 한다. 즉 영어 수업에서도 당당하게 사용할 수 있는 것이다.

요즘 학생은 편해서 좋겠다는 것이 그때 함께 있었던 편집자의 의견이다. 나도 동감이다.

단순히 들고 다니기 편하기 때문만은 아니다. 사용하는 사람은 알겠지만 전자사전은 찾아보기가 간편하다. 예를 들어 dictionary라는 단어의 뜻을 찾기 위해 단어 전체를 입력할 필요가 없다. 알파벳을 하나씩 입력할 때마다 후보 범위가 좁혀지므로 dict 언저리까지 입력하면 원하는 단어를 찾을 수 있다. 두꺼운 영일사전을 뒤적이며 자잘한 글씨와 눈싸움을 벌였던 세대로서는 정말 부러울 따름이다. 단어 카드를 만드는 것도 식은 죽 먹기다. 아니, 애당초 요즘 그런 걸 만들 필요가 있으려나.

그런 와중에 더욱 대단한 전자사전이 나왔다는 사실을 알았다. 웬걸, 문자를 입력할 필요조차 없다고 한다.

굵은 펜 모양 사전 끝에 아주 작은 스캐너가 달려 있어 원하는 단어를 슥 문지르면 인쇄물의 활자를 읽어내 단어 뜻을 액정 화면에 표시해준다고 한다. 그야말로 마법 사전이다. 한 손이면 충분하다.

하지만 중년 세대로서는 이런 생각도 든다. 편리한 건 알겠지만 정말 그래도 괜찮을까.

전자계산기가 폭발적으로 보급되기 시작할 무렵, 학교에서 이런 문제가 생겼다. 초등학생이 산수 숙제를 전자계산기로 풀어서 공부가 전혀 되지 않는다는 것이다. 전자계산기를 학교에 몰래 가져오는 아이도 있을 정도였다.

내 인상이지만 젊은 세대의 계산 능력이 떨어진 것처럼 느껴진다. 고작 소비세*를 포함한 가격을 계산하면서

* 일본에서 상품 가격에 일정 비율로 부과하는 간접세의 일종.

일일이 전자계산기를 사용하는 사람을 보면 인상에 그치지 않고 확신이 든다. 계산 능력은 어릴 적에 단련하지 않으면 몸에 붙지 않는다. 내가 추리하기로는 전자계산기가 그들에게서 단련할 기회를 빼앗은 탓이다.

너무 편리한 전자사전을 보면 같은 불안이 싹튼다. 왜냐하면 본래 사전으로 뭔가를 찾는 행위에는 단련한다는 의미도 있기 때문이다. 예를 들어 영어 단어의 뜻을 찾을 때 일단 철자를 머릿속에 넣고 나서 사전을 펼친다. 도중에 잊어버리면 다시 본다. 잘못 외우면 원하는 단어를 찾을 수 없으므로 몇 번이고 철자를 확인하게 된다. 그렇게 반복하는 사이에 서서히 머릿속에 새겨지는 것 아닐까. 동시에 영어와 관련된 뇌세포도 훈련되지 않을까. 펜 모양 전자사전으로 단어를 슥 문질러서 답을 얻으면 뇌의 어디가 훈련이 되겠는가. 이는 비단 영어에 한정된 이야기가 아니다. 국어사전이나 한자사전도 마찬가지다. 찾아본다는 행위로 얻을 수 있는 건 단어의 뜻이나 한자에 국한되지 않는다.

휴대전화 메일은 손 편지와 달리 전두엽을 거의 사용하지 않는다고 한다. 그래서 젊은이들이 푹 빠진다는 모양이다. 왜냐하면 전두엽을 사용하려면 어느 정도 고통이 수반되기 때문이다.

어렵고 복잡한 일에 매달려 머리를 쓰고 싶은 사람은 없다. 하지만 그렇다고 그러한 수요에 부응하기만 해서 되겠는가.

아이들을 책망하는 건 가혹한 짓이다. 고통에서 벗어날 방법이 있다면 누구나 매달리고 싶은 법이니까.

그러므로 그들의 뇌 발달에 관한 책임은 어른들에게 있다.

《다이아몬드 LOOP》 2004년 4월호

누가 그들의 목소리를 전하는가

약력을 읽어보면 알겠지만 나는 작가가 되기 전에 모 자동차 부품 회사에 다녔다. 직종을 따지자면 기술자가 되려나. 인터뷰할 때 그 이야기가 나오면 대부분 놀란 표정을 짓고는 다음과 같이 묻는다.

"어떤 일을 하셨나요?"

처음 한동안은 상대가 정말로 궁금해하는 줄 알고 진지하게 대답했다.

"생산기술 업무요."

그런데 이 말이 상대에게 전해지지 않는다. 당연하다. 상대는 소설에 관해 인터뷰하는 사람이다. 딱 잘라 말해 전형적인 문과라 제조업에는 문외한이다. 대부분 당혹스러운 얼굴로 어색한 웃음을 지을 뿐이다.

"아아, 그럼 청산가리나 청산소다 같은 걸 다루신 건가요?"

개중에는 이렇게 묻는 사람도 있다. 내가 추리소설 작가니까 생산이라고 하면 그런 쪽이 먼저 머리에 떠오르는 모양이다.

그래서 어느 시점부터 무슨 일을 했느냐는 질문에는 그냥 이렇게 답하게 됐다.

"뭐, 이것저것 연구했습니다."

이과 사람이라면 무슨 연구를 했느냐고 묻고 싶어지겠지만, 문과 사람은 그렇지 않다. 애당초 그들은 깊은 이유 없이 그저 이야기를 끌어낼 마중물로서 업무 내용을 물어본 것에 지나지 않는다.

그뿐만 아니라 이 업계, 즉 문과 업계에 들어온 후 세상에서 과학기술에 관심이 있는 사람은 극히 일부에 불과하다는 사실을 통감했다. 무관심한 수준이 아니다. 아예 무지하다고 해도 될 정도다.

예를 들면 회사를 그만두고 상경했을 때 출판사 사람 몇 명에게 똑같은 말을 들었다.

"야, 그렇게 좋은 회사를 그만두시다니요. 하지만 이왕 과감하게 직업을 바꾸셨으니 빨리 예전만큼 버실 수 있으면 좋겠네요."

이 말을 듣고 작가는 그렇게 빈곤한 직업인가 싶어 얼굴이 새파랗게 질렸다. 내 계산으로는 아무리 책이 안 팔려도 해마다 서너 권씩 내면 회사원 시절만큼은 벌 수 있지 않을까 싶었다. 문제는 과연 그렇게 쓸 수 있는가인데, 나는 쓸 자신이 있었다.

결론을 말하자면 내 계산은 틀리지 않았다. 약간 비관적으로 예상했지만 첫해부터 회사원 시절의 수입을 웃돌았다. 그런데 출판사 사람들은 내가 얼마나 버는지 거의 파악하고 있으면서도 이렇게 말했다.

"그 정도로는 형편이 어려우시죠? 아무래도 기술자 시절만큼 버시기는 힘들 것 같네요."

대체 내가 회사원 때 얼마나 벌었다고 생각하는지 궁금해졌다. 그래서 솔직하게 물어보자 놀랄 만한 답변이 돌아왔다.

"그야 그만한 회사니까 한 장 정도는 받으셨겠죠?"

한 장의 의미가 100만 엔은 아닌 듯했다. 즉, 그들은 20대 중반 이공계 회사원의 연봉을 천만 엔으로 짐작한 것이다. 독자들 가운데 제조업계에서 일하는 사람들은 거짓말이라고 생각할지도 모르지만, 실제로 있었던 일이다.

또한 어떤 소설에 박봉으로 힘들어하는 기업 연구원

을 등장시켰더니, 교열자가 이의를 제기한 적도 있다. 기업 연구원이라면 월급을 제법 많이 받을 것이라는 이야기였다. 내가 무슨 근거로 그런 소리를 하냐고 물어보자 "근거는 없지만 그렇지 않느냐"라는 답변이 돌아왔다.

아무래도 그들은 기술자나 연구자를 선택받은 특수한 인간으로 보는 듯하다. 자신들은 젬병이었던 수학과 과학 성적이 우수하고, 그 능력을 살려서 일하고 있으니 보통 사람보다 특별한 대우를 받으리라 멋대로 상상하는 모양이다. 그들 입장에서는 수학과 과학을 못하는 사람이 '보통'이고 보통이 아닌 사람은 특수해 보이는 것이리라.

기업 총수가 그들과 같은 생각이라면 기술자와 연구자들에게 그만큼 행복한 일은 또 없다. 하지만 실제로는 그렇지 않다. 아무리 획기적인 연구일지라도 경영자가 보기에는 단순한 근무에 지나지 않는다. 그러므로 노동 시간에 준한 급료만 지불하면 된다고 생각한다. 청색발광다이오드 발명자와 회사가 소송까지 갔다*는 걸 모르는 사람은 거의 없을 텐데, 이는 그러한 문제들이 응축돼 발생한 결과라 할 수 있다.

* 특허권의 귀속 여부와 기술에 대한 공헌도를 두고 벌인 재판을 가리킨다.

출판사 사람들은 그 일의 자초지종을 알고 이렇게 말했다.

"그렇게 대단한 연구자가 일개 회사원 대접밖에 못 받는다니 너무하네요."

얄궂게도 과학기술에 무지한 사람들이 과학기술 연구자가 얼마나 중요한지 알아준 셈이다.

하지만 그들이 기술자나 연구자에 관해 좀 더 알고 싶어 하는지는 의문이다.

어느 소설에 제조 현장이 어떻게 돌아가는지를 묘사하려 한 적이 있다. 제조 현장의 혹독함을 독자에게 전달해야 전체적인 주제가 부각되리라 생각해서다. 그런데 편집자가 원고를 읽어보더니 스토리 자체는 재미있다면서 이런 요구를 해왔다.

"공장 장면은 필요 없지 않을까요. 지루한 데다 어려워서 독자들이 반길 것 같지 않은데요."

소설 성격상 꼭 필요하다고 설명했지만 좀처럼 이해해주지 않았다. 그리고 대화하는 동안 깨달았다. 그는 제조 현장에 대해 읽고 싶지 않았던 것이다. 편리한 기계를 누가 얼마나 고생해서 만들어냈는지는 알고 싶은 마음이 없었다. '어디서 누군가가 만들었다'로 족했던 것이다.

NHK의 《프로젝트 X》[*]라는 방송을 아는 사람이 많을 것이다. 실제로 시청률이 제법 나오는 모양이다. 하지만 아쉽게도 내 주변에는 그 방송을 좋아하는 사람이 얼마 없다. 그 방송의 열혈 시청자는 일찍이 내가 기술자였던 시절의 지인뿐이다. 다시 말해 제조업에 종사한 경험이 있는 사람만이 등장인물들에게 감정이입을 할 수 있지 않을까. 그렇지 않은 사람은 기본적으로 제조와 무관한 프로젝트가 나올 때만 방송을 보지 않을까.

거품경제가 한창일 무렵, 어떤 편집자와 대화하다가 요즘은 세상이 영 잘못 돌아간다는 취지의 말을 꺼낸 적이 있다. 상사 회사와 광고업체만 치켜세우는데 그들은 그저 응원단에 지나지 않으니 그라운드에서 직접 싸우는 선수들도 소중히 아껴야 한다고 주장했다. 선수는 물론 물건을 만드는 사람을 가리킨다.

그러자 그 편집자는 진지한 표정으로 이렇게 말했다.

"하지만 컴퓨터와 로봇이 발달할 테니 앞으로는 인간의 역할이 줄어들지 않겠습니까."

그 말을 듣고 진심으로 화가 났다. 컴퓨터와 로봇이 알아서 저절로 발달하겠는가, 애당초 컴퓨터와 로봇에 대

* 제품 개발 프로젝트 등이 난관을 극복하고 성공에 이르는 과정을 소개하는 다큐멘터리 방송.

해 얼마나 아는가 싶었다.

서적 발행은 동시대를 살아가는 사람들의 목소리를 대변하는 일이기도 하다. 하지만 정작 대변인이 과학기술과 제조에 관여하는 사람들에게 무관심하다면 대체 누가 그들의 목소리를 세상에 전하겠는가.

이과와 문과 사이에는 여전히 두꺼운 벽이 존재한다. 나는 우연히 그걸 넘어왔다. 그러므로 벽 너머 세계에 대해 이야기하는 것도 내 의무라고 지금은 생각한다.

《다이아몬드 LOOP》 2004년 5월호

이공계는 장점인가

인간을 이과와 문과로 나누는 데 큰 의미는 없으며 애당초 뭘 기준으로 나누느냐는 문제가 있겠지만, 출신 대학과 근무 경험 등으로 대충 구분하자면 나는 분명 이과에 속할 것이다.

그런데 이과 출신 작가는 얼마 없다. 이과의 길을 어기차게 나아가다 보면 도중에 소설가라는 길로 건너갈 다리가 아주 적어진다기보다 거의 없어지기 때문이다. 소설가를 꿈꾸는 사람은 지금까지 쌓아온 경험과 지식을 작품에 반영하려 하는 법인데, 이과의 경험과 지식은 소설과 궁합이 잘 안 맞는다. 특히 이과 생활을 오래 하다 보면 습득한 지식과 경험의 전문성이 강해져 일반인을 상대로 한 소설의 재료로 삼기가 참 난감하다. 그러므로 내가 작가가 될 수 있었던 것도 어떻게 보면 일찌감치 이과에서 이탈했기 때문이라 할 수 있다.

하지만 이 업계도 경쟁이 심하다 보니 특징이 없는 것보다는 있는 게 낫다. 그래서 나도 이과의 특성을 비교적 전면에 내세우고 있다.

친한 작가들이 "과학기술에 밝아서 좋겠네" 하고 부러워할 때도 많다. 밝다고 할 정도는 아니지만 확실히 과학에 관련된 일은 취재하기가 비교적 편하고, 자료를 읽으면서도 덜 힘들다. 연줄도 많다.

하지만 뒤집어 말하면 실은 그것밖에 무기가 없다는 뜻이다. 정말로 다른 쪽은 영 아니올시다다. 겨우 어떻게든 감당이 되는 건 스포츠 정도일까. 제일 벅찬 건 역사인데, 에도 시대는 기간이 긴 만큼 무슨 일이 언제 일어났는지 상당히 가물가물하다. 주신구라*가 막부 말기쯤이라는 이미지를 품고 있을 정도니 말 다했다. 실은 최근까지 역사 잡지에 소설을 연재했는데 '저자의 첫 역사 미스터리!'라고 느낌표까지 찍으면서 홍보했지만, 실은 에도 시대에 존재했다는 노란 나팔꽃을 현대에 부활시키는 내용이라

* 할복 명령을 받아 죽은 영주의 원한을 갚기 위해 1703년 무사들이 벌인 복수극. 덧붙여 에도 막부는 1603년부터 1867년까지다.

누가 어떻게 봐도 과학 미스터리였다. 스스로 생각하기에도 이래서는 사기다 싶다.

또한 요즘은 이과의 피가 흐르는 게 작가로서 반드시 장점은 아니다. 오히려 단점이 많지 않을까 하는 생각도 가끔 든다. 특히 호평을 받는 다른 작가의 작품을 읽을 때면 더욱 그렇다.

얼마 전까지 추리소설을 대상으로 한 모 문학상의 심사 위원으로 있었는데, 과학적으로 보기에 아무래도 트릭이 너무 억지스럽지 않나 싶은 작품이 가끔 후보로 올라온다. 심사회장에서 그 점을 지적하지만 뜻밖에도 다른 심사 위원은 그다지 개의치 않는 경우가 많다.

예를 들면 사람이 차에 치인 충격으로 전선까지 튀어 오르는 장면이 작품에 나왔다. 나는 이런 건 절대로 말도 안 된다고 단언했다. 옆에서 달려온 차에 부딪혔는데 왜 위로 날아가냐고 말이다. 수수께끼 풀이에 중요한 부분이었으므로 소설의 문학적 가치관은 접어두고 트릭은 도저히 수긍할 수 없다고 주장했다.

그런데 침을 튀겨가며 열변을 토했음에도 다른 심사 위원들은 아무래도 내 주장이 이해가 가지 않는다는 눈치였다. "골프채 페이스에 각이 있으면 공은 위로 날아가잖아. 사람도 차 앞 유리창에 부딪히면 그렇게 될 수도 있지 않을까?"라는 의견까지 나올 정도였다. 골프공은 탄성이 있으니까 그런 거고 인간의 몸에는 탄성이 거의 없으니까 그냥 찌부러질 뿐이라고 설명해도 쓴웃음이 돌아올 뿐이었다.

결국 그 작품은 상을 타지 못했지만 내 주장이 통했기 때문이 아니라 다른 심사 위원이 지적한 문학적 결점이 이유였다. 어쩐지 나 혼자 처음부터 끝까지 핵심을 못 짚고 엉뚱한 소리를 떠든 것만 같아 몹시 비참한 기분이 들었던 기억이 있다.

다른 사람들은 작품에 과학적인 모순이 있는지 없는지 나만큼 연연하지 않는다고 느낀 건 이때만이 아니다. 과학적으로 도저히 말이 안 되는 수법을 사용하더라도 그 하나 때문에 작품을 낮게 평가하지는 않는다는 인상을 받는다. 오히려 다소 억지스러워서 더욱 매력적으로 제시되는 수수께끼를 높이 평가하는 경우가 많은 듯하다.

이과의 피가 흐르는 게 반드시 장점은 아니라고 생각하는 이유가 바로 이것이다. 다시 말해 과학적 무모순성에 너무 연연하면 대담한 발상이 나오지 않을 우려가 있다. 폭을 좁힌다는 말이 딱 들어맞는다. 스스로 발상의 폭을 좁힐 가능성을 부정할 수 없다.

내 작품 중에 시간 여행을 소재로 한 작품이 딱 하나

있다. 아들이 아버지를 만나러 과거로 간다는 이야기다. 이번에 그 작품이 드라마로 만들어지는데, 프로듀서와 각본가는 당연히 원작을 다소 각색하려 한다. 나는 기본적으로 재미있기만 하면 어떻게 바꿔도 상관하지 않는 편이다. 하지만 그들이 뭘 어쩌려는지 듣고서 그건 도저히 안 되겠다고 회답했다.

그들은 마지막 장면에서 과거에 찍은 아버지와 아들의 사진을 시청자들에게 보여주고 싶어 했다. 그것도 컴퓨터 화면에 띄우고 싶은 모양이었다. 그러려면 과거로 시간 여행을 간 아들이 디지털카메라로 사진을 찍는 장면을 넣어야 한다. 하지만 카메라는 과거로 가지고 갈 수 없다. 따라서 컴퓨터 천재인 아들이 과거에서 디지털 화상을 찍을 수 있는 기계를 만들 필요가 있었다.

나는 절대 안 된다고 딱 잘라 말했다. 액정 화면조차 변변히 없었던 시대다. 아키하바라에서 부품을 아무리 조달해도 그런 기계를 만들기는 불가능하다. 가령 만든다 하더라도 도저히 들고 다닐 수 없을 만큼 클 것이다. 현재 디지털카메라가 작은 건 전용 LSI* 가 개발된 덕분이다.

그래도 프로듀서와 각본가는 포기하지 못한 모양이

* 작은 반도체 위에 수십만 개 이상의 회로 소자를 결합한 대규모 집적 회로.

었다. 아무튼 마지막에 아버지와 아들의 디지털 사진을 내보내고 싶다고 했다.

나는 머리를 쥐어짰다. 다소 억지라도 좋으니 디지털 화상 정보를 미래에 남길 방법이 없을지 당시 과학기술 수준을 조사해가며 고민했다. 그 결과 겨우 한 가지 답을 찾아냈다.

프로듀서가 정말 고마워했지만 결국 내 아이디어는 채택되지 않았다. 설명이 너무 번잡했기 때문이었다. 그리고 그들이 고집했던 마지막 장면은 삭제하기로 했다.

이건 성공 사례가 아니다. 그러나 내게 한 가지 교훈을 안겨주었다. 과학에 무지한 프로듀서와 각본가를 비웃기는 쉽다. 하지만 무지했던 까닭에 그들은 멋진 결말을 구상할 수 있었다. 결과적으로 버려지기는 했지만 과학에 연연해 발상의 폭을 좁혔다면 결코 나오지 않았을 장면이리라. 그리고 그렇듯 자유로운 발상의 축적이야말로 언젠가 과학적으로도 문제없이 신선한 아이디어를 낳기 위한 토양이 되지 않을까.

과학이란 틀에 얽매이지 않고 자유롭게 발상해볼 것—이과 출신 작가가 유념해야 할 마음가짐이다.

여기까지 쓰고 깨달았다. 소설가가 됐기 때문에 그런 마음가짐에 눈을 뜨게 된 건가.

선입관을 버려라, 기존 기술에 얽매이지 마라, 상식을 의심해라—어렵쇼. 전부 내가 기술자였던 시절부터 들어왔던 말이다.

어쩌면 이과 사람은 한 가지 일을 깊이 탐구하는 데는 능해도 발상의 폭을 넓히는 데는 서투른지도 모르겠다. 그러고 보니 수많은 기술자가 들러붙어도 해결하지 못했던 문제가 전혀 문외한이었던 문과 사람의 한마디로 해결됐다는 이야기를 흔히 듣는다. 기술과는 무관한 여고생이 휴대전화를 생각지도 못한 방식으로 사용해 개발자를 놀라게 하는 경우도 일상다반사다.

발상이 빈곤하다고 여겨질 것 같으니 앞으로 이과 작가라는 간판은 내걸지 않는 편이 나을지도 모르겠다. 하기야 빈곤한 건 너뿐이고, 그래서 이과에서 못 버티고 떨어져 나온 거 아니냐고 하면 할 말은 없지만.

《책의 여행자》 2004년 8월호

저출산 대책

어두운 이야기라 미안하지만 얼마 전에 어머니가 돌아가셨다. 향년 81세였다. 예전부터 의사에게 마음 단단히 먹으라는 말을 들었기에 충격은 없었다. 오히려 자식들에게 가장 큰 고민은 홀로 남겨진 여든여섯 살의 아버지를 어떻게 하느냐였다.

두 누나는 시부모님과 같이 산다. 나는 독신이다. 누군가 모시며 수발을 들기는 어려운 상황이었다.

이 원고를 쓰고 있는 시점에도 결론은 아직 나오지 않았다. 이것저것 남아 있는 어머니 법사法事를 준비하러 남매가 모일 때마다 상의한다. 아버지 본심도 아직 완전히 파악하지 못한 실정이다.

솔직히 말해 이건 심각한 문제다. 나뿐만 아니라 많은 사람들이 똑같은 문제로 끙끙 앓고 있지 않을까 싶다.

다만 하나 다행인 일이 있다. 아버지 연세에 비해 내가 나이를 그렇게 많이 먹지 않았다는 점이다.

나는 현재 마흔여섯 살로, 아버지가 마흔 살 때 얻은 아들이다. 사실 어릴 적에는 그게 너무 불만이었다. 왜 우리 부모님은 친구들 부모님보다 늙었냐고 내심 투덜거렸다. 장래를 현실적으로 고민하는 사춘기에 접어들자 우울감은 더 커졌다. 마흔 살 차이니까 내가 20대면 아버지는 60대다. 60대면 이미 기력 없는 노인 같은 느낌이었기에 꽃다운 청춘 시절부터 늙은 부모님을 돌봐야 하나 싶어 절망감마저 맛봤다.

하지만 현실은 내가 두려워하던 것과는 달랐다. 건강한 부모님은 예순을 지나 칠순이 넘어서도 기력이 쇠하지 않았고, 나는 수많은 또래 세대와 마찬가지로 내 앞가림만 잘하면 됐다. 게다가 손재주로 먹고살았던 아버지는 정년이 없어 최근까지 경제적인 지원조차 필요 없었다.

그리고 아버지가 인생의 종착역으로 다가가고 있는 현재, 내게는 일반적인 회사원의 정년인 60세까지 아직 십수 년의 시간이 남아 있다. 솔직히 그나마 마음이 놓인다. 만약 아버지가 20대 중반에 나를 낳았다면 지금 벌써

예순 살 전후다. 아버지보다 내 노후를 걱정해야 할 시기에 접어든다.

예전에 부모님께 "왜 그렇게 나이를 먹고 날 낳았어?" 하고 따진 적이 있다. 지금은 그 일을 매일 반성한다. 늦게 낳아줘서 참 잘하셨다고 진심으로 고마워하고 있다.

이러한 경험을 바탕으로 향후 저출산 고령화 사회에 대한 대응책을 생각해보았다.

친한 작가 중에 2년 전에 자식을 얻은 사람이 있다. 그는 내게 이렇게 말했다.

"아이가 다 크면 난 60대 중반이야. 그때를 생각하면 불안해."

비교적 많은 나이에 자식을 얻은 사람들 중에 그와 비슷한 걱정을 하는 사람이 많다. 하지만 왜 불안한 걸까. 자신의 노후를 걱정해야 하는 시기에 자식이 성인이 된다면 딱 좋지 않은가.

젊을 때 자식을 낳아야 훗날이 편하다는 말이 있다. 얼른 낳고 얼른 키워서 자식이 장성한 후 부부끼리 인생을 느긋하게 즐기고 싶다는 생각이 바탕에 자리 잡고 있는 말이리라. 하지만 현재는 그런 말이 유행했던 시대와 사회도 개인의 라이프 스타일도 완전히 달라졌다.

평균 수명이 연장된 건 두말하면 입 아프다. 신생아 사망률이 감소한 게 가장 큰 이유라지만, 약 40년간 100세 이상의 인구가 100배로 늘어난 것만 봐도 사람들이 장수하는 건 틀림없는 사실이다.

그저 오래 사는 게 아니라 각 연령대가 전부 젊어졌다. 예전에는 쉰 살을 넘으면 노인 같아 보였지만 지금은 오히려 그런 사람이 적다. 20대는 옛날 사람에 비하면 아이로 보일 정도다.

즉 스프링을 늘이듯이 소년기, 청년기, 장년기의 기간이 늘어난 것이다.

하지만 정작 사회는 이러한 육체적 변화를 따라가지 못한다. 그 일례가 정년 연령이다. 수명이 이렇게 늘어났는데 아직도 대부분의 기업은 정년이 60세다. 이래서는 은퇴한 후의 기간이 길어질 뿐이다.

또 하나 큰 문제가 있다. 아이를 가질지 말지 결정하는 시기가 몇십 년 전과 다를 바 없다는 점이다.

예를 들어 여자가 서른다섯 살이 넘어서 아이를 낳으면 고령 출산이라고 한다. 그래서 많은 여자들이 그 전까지는 아이를 가질지 말지 결정해야 한다고 생각한다. 실제 나이로 따져보면 20대 중반에서 30대 전후의 기간이리라. 인생은 길어졌는데 아이를 가지느냐 마느냐 하는 아주 중요한 문제를 심사숙고할 시간은 여전히 짧다.

게다가 일을 한다면 여자도 남자와 똑같이 처음 10년이 그 후의 10년보다 훨씬 중요하다. 그 소중한 시기에 출산과 육아로 1~2년의 공백기가 생기면 직업인으로서 경력에 큰 흠집이 생길 것은 불 보듯 뻔하다.

내 생각에는 여자가 아이를 낳을 기회를 놓치기 쉬운 세상이 된 것이 우리 나라 저출산 문제의 가장 큰 이유가 아닐까 싶다. 지금은 서른 살이 넘었다고 아줌마 취급받는 세상이 아니다. 인생이 길어진 만큼 여자가 젊고, 아름답고, 일에서 삶의 보람을 찾아낼 수 있는 기간도 늘어났다. 그런데 출산을 고려할 시기와 시간만 옛날과 똑같아서야 당연히 여자들이 어느 틈엔가 타이밍을 놓칠 법하지 않겠는가. 사카이 준코* 씨가 미혼, 무자녀, 서른 살 이상의 여자를 가리켜 '마케이누'**라고 표현했는데, 승패를 판단하기에 30대는 너무 이르지 않을까 싶다.

저출산에 제동을 걸려면 여자가 출산을 검토할 수 있는 기간을 대폭 늘리는 수밖에 없다고 생각한다. 취직해서 10년 정도는 일에 집중한 후 결혼해서 아이를 낳는 게 보편화되면 지금까지는 나이를 너무 먹었다고 포기하던

* 일본의 에세이 작가.

** 負け犬, 싸움에 지고 달아나는 개라는 뜻으로, 승부에 패배한 인간을 가리킨다.

여자들도 아이를 낳을 마음을 먹지 않을까.

실제로 여자들의 의식은 그같이 흘러간다. 1975년에는 35세 이후에 출산한 사람이 전체의 3.8퍼센트에 지나지 않았지만, 현재는 약 10퍼센트로 증가했다. 멍청한 정치가들은 고령 출산의 증가를 씁쓸하게 여기는 모양이지만, 우리 나라를 구할 힌트는 여기에 숨어 있지 않을까.

하나 고령 출산에는 위험성도 있다. 주로 의학적인 문제다. 따라서 국가는 여자가 나이를 먹고도 안심하고 임신 및 출산을 할 수 있도록 의료 체계를 갖추어야 한다. 여성 기능의 노후 방지에도 힘을 쏟아야 한다. 남자는 비아그라를 먹는 등의 방법으로 나이를 먹고도 힘을 쓸 수 있는데, 여자의 성관계 연령만 제자리걸음해서는 불공평한 감도 있다.

아버지가 마흔 살, 어머니가 서른다섯 살에 초산인 경우가 드물지 않은 세상이 되어야 한다. 그 연령대라면 경제적으로도 다소는 여유가 있을 것이다. 육아에 옛날만큼 체력이 필요하지 않거니와 그 연령대는 아직 팔팔하다. 연약한 20대보다 기운이 넘칠 때도 있다. 인간적으로도 성숙해졌을 테니 자식을 학대하는 부모도 줄어들지 않을까. “아이가 아이를 키우는 것 같다”고 야유를 받는 일도 없어질 것이다.

인생 기니까...

덧붙여 정년 연장도 필수다. 현재보다 5년에서 10년은 연장해야 한다. 그게 실현되면 부모가 아흔 살 가까이 됐을 때도 자식이 현역으로 일할 수 있다.

수명이 길어졌으니 여자가 아름답고 가능성으로 넘치는 시간도 늘리면 된다—우리가 지향해야 할 길은 비교적 명확한 듯한데 다른 사람들 생각은 어떨까. 네 취향 스트라이크존을 넓히고 싶어서 그러는 거 아니냐는 말도 들려올 것 같다만, 물론 그것도 큰 이유다.

《책의 여행자》 2004년 9월호

베이징 올림픽을 예상해보자

이 졸문이 실릴 무렵에는 낡은 화제가 된 뒤겠지만 아테네 올림픽 이야기를 해보자. 폐회식이 끝난 직후라 아직 흥분이 가시지 않았다.

아테네 올림픽에서 일본은 금 16, 은 9, 동 12, 합쳐서 서른일곱 개의 메달을 획득했다. 깜짝 놀랄 만한 성과다. 개막 전에 내가 예상한 금메달 수는 여덟 개였다. 구체적으로는 남녀 유도에서 두 개씩 총 네 개, 여자 레슬링에서 두 개, 기타지마 고스케*나 무로후시 고지** 둘 중 한 명이 한 개, 그 밖에 어느 종목에서 한 개였다. 야구, 여자 소프

* 일본의 수영 선수.

** 일본의 해머던지기 선수.

트볼, 여자 마라톤은 금메달을 따지 못하리라 예상했다. 하지만 내 예상은 완전히 빗나갔다. 이렇게 기쁜 오산이라면 대환영이다. 하지만 일본은 정말로 강해진 걸까. 베이징 올림픽에서도 이번처럼 대활약할 수 있을까. 그래서 각 종목을 되돌아보며 내 나름대로 베이징 올림픽의 메달 수를 예상해보기로 했다.

이번 올림픽에서 가장 많은 메달을 획득한 종목은 유도다. 유도는 도쿄 올림픽부터 정식 종목으로 채택됐고 체급은 세분화되어 있다. 도쿄 올림픽 때는 네 체급에 불과했지만 아테네에서는 일곱 체급이나 된다. 또한 도쿄 올림픽 때는 없었던 여자 유도가 바르셀로나 올림픽부터 정식 종목으로 추가됐다. 즉 유도만 해도 금메달 수가 총 열 개나 늘어난 셈이다.

남자 유도에 한정하면 도쿄 올림픽부터 아테네 올림픽까지 획득한 금메달 수는 3, 3, 3, 4, 1, 2, 2, 3, 3이다. 로스앤젤레스 올림픽에서 네 개를 획득했는데, 당시 동구권 국가들이 불참했다는 걸 감안해서 볼 필요가 있다. 즉 도쿄 올림픽부터 딱히 큰 변화가 없었고, 아테네에서도 과거와 비슷한 수준의 성적을 거두었다고 할 수 있다.

문제는 여자 유도다. 바르셀로나 올림픽부터 아테네 올림픽까지 획득한 금메달 수는 0, 1, 1, 5로, 엄청나게 약진했다고 할 수 있다.

하지만 남자든 여자든 베이징 올림픽에서도 이 상태를 유지한다는 보장은 없다. 미국이 주력하지 않는 종목은 중국의 맛난 먹잇감이다. 서울 올림픽 때 한국이 그랬듯 유도에서 메달 대량 획득을 노릴 것이다.[*] 따라서 반드시 고전할 테니 금메달은 남녀 합쳐서 세 개로 예상한다.

여자 레슬링도 여자 유도와 마찬가지로 대약진해 네 체급 중 두 체급을 석권했다. 금메달을 놓친 나머지 두 체급에서도 은과 동을 추가했다. 이번에는 야마토 나데시코[**]들이 앞장서서 일본의 멱살을 잡고 나아갔다고 해도 과언이 아니다.

하지만 앞으로도 이 종목에 큰 기대를 거는 건 안일한 생각이다. 여자 레슬링은 지금까지 정식 종목이 아니었으므로 외국 선수들이 적극적으로 임하지 않은 것이 사실이다. 올림픽에서 메달을 따면 평생 먹고사는 데 지장이 없는 나라에서는 특히 더 그렇다. 일본에는 마침 "올림픽 종목이라고 믿고 있었다"는 이초 지하루와 이초 가오리 자매, 그리고 아버지가 프로레슬러인 하마구치 교코

* 한국은 서울 올림픽 당시 유도에서 금메달 두 개와 동메달 하나를 획득했다.

** 일본 여성을 아름답게 가리키는 명칭.

선수가 있었기에 이번 같은 결과를 얻을 수 있었던 것이다. 정식 종목으로 채택된 이상 신체 능력이 뛰어난 외국인 선수들이 '메달 어장'을 노리고 레슬링에 힘쓰리라 예상된다. 그리고 그 필두는 역시 중국이리라.

이번에 출전한 네 명은 아직 젊으니 베이징 올림픽에서도 애써줄 것이다. 금메달 두 개는 사수할 수 있으리라 예상한다.

유도와 여자 레슬링 이외에 일본이 메달을 획득한 종목은 다음과 같다.

수영 금 3, 은 1, 동 4

육상 금 2

체조 금 1, 은 1, 동 2

싱크로나이즈드스위밍 은 2

사이클 은 1

양궁 은 1

야구 동 1

소프트볼 동 1

요트 동 1

남자 레슬링 동 2

이렇게 나열해보면 다양한 종목에서 두루두루 메달을 획득한 것처럼 느껴지지만 전체 경기 수로 보면 극히 일부다. 아네테 올림픽은 28개 종목에 301개 세부 경기로 이루어졌다. 다른 종목들은 대체 어떻게 된 걸까 궁금해질 법도 한데, 물론 일본 선수도 참가는 했다. 그저 메달을 딸 수 있는 수준이 아니었을 뿐이다. 그 이유는 종목을 이끌어갈 선수 규모가 작기 때문이다. 하지만 무리도 아니다. 애당초 일본에는 '올림픽에서 메달을 따고 싶으니까 좋아하지는 않지만 그 종목을 한다'는 사람이 적다. 금메달을 따본들 반짝 인기를 누리다 금방 잊힌다는 걸 누구나 다 안다. 국가에서 보상금이 나온다지만 평생을 보장해주는 것도 아니다. 그럼 메달리스트는 못 되더라도 좋아하는 스포츠를 하는 편이 낫겠다고 생각하는 것도 당연하다.

하지만 중국은 다르다. 축구를 해서 여자에게 인기를 얻기보다 인기 없는 스포츠라도 메달을 획득할 가능성이 있는 길을 선택하겠다는 사람이 다수파다. 예를 들면 이번에 여자 양궁 단체전 결승에서 한국과 중국이 맞붙었다. 한국은 서울 올림픽 이후로 양궁에 힘을 기울여 현재는 세계 최강의 실력을 자랑하고 있다. 미국이나 유럽인에 비해 체격이 밀리는 아시아인이 메달을 따려면 어떤 종목이 유망할지 국가적으로 고심한 끝에 양궁이라는 결론에 다다른 것이다. 중국이 같은 생각을 하지 않을 리 없다. 이미 베이징 올림픽을 목표로 실력 향상에 박차를 가하기 시작했으리라. 그 성과가 이번 여자 양궁 단체전의 결과에서 여실히 드러났다고 본다.* 이번에 일본은 야마모토 히로시 선수의 분투로 은메달을 획득했지만 베이징 올림픽에서는 어렵지 않을까 싶다.

야구, 소프트볼, 싱크로나이즈드스위밍, 남자 레슬링 등은 예전부터 어느 정도 실적을 쌓아온 종목이고, 아테네에서 크게 약진했다는 인상은 없다. 하지만 베이징 올림픽에서 느닷없이 부진하지도 않으리라. 역시 이번과 동등하리라고 봐도 되지 않을까. 싱크로나이즈드스위밍에는 슬슬 금을 주어도 되지 않을까 싶지만.

그리고 육상. 일본이 여자 마라톤을 선도하게 된 건 어제오늘의 일이 아니다. 남자 해머던지기는 위대한 무로후시 부자가 있을 뿐 일본이 강하다고는 하기 힘들다. 이 두 종목은 역시 기대해도 될 것 같다. 해머던지기는 새로운 도핑 수법을 사용한 선수가 나오지 않기를 빌 뿐이다.

아쉽지만 다른 육상 경기는 별로 기대가 안 된다. 중국의 류샹 선수가 110미터 허들에서 금메달을 땄지만, 일본 선수도 그럴 수 있을 것 같지는 않다. 역시 무로후시

* 241대 240으로 한국이 중국을 꺾었다.

선수처럼 류상 선수가 특별하다고 봐야 하리라.

예전보다 명백하게 메달 수가 늘어난 수영과 체조는 어떨까. 특히 수영은 로스앤젤레스부터 애틀랜타까지 고작 두 개의 메달을 획득했다. 그런데 시드니에서 금 두 개와 동 두 개를 따더니만 이번에는 더 큰 성장세를 보였다. 기타지마라는 슈퍼스타가 있었던 덕분이기도 하지만, 다른 선수들도 활약했다. 입상한 선수도 많고 평균 연령도 낮다. 4년 후에도 기대할 만하다고 보이지만, 이번보다 높은 성적을 요구하는 건 가혹한 짓이리라. 체조도 마찬가지다. 예전의 패자覇者였던 중국이 금메달을 대량 획득하고자 눈에 불을 켤 테고, 자국 개최의 이점도 최대한 살릴 것이 틀림없다. 금메달은 하나라도 따면 다행이라고 여기는 편이 무난할지도 모르겠다.

위와 같은 분석에 입각한 베이징 올림픽의 예상 금메달 수는 다음과 같다.

남녀 유도 3

여자 레슬링 2

육상 1

야구 1

수영 1

총 여덟 개. 비관적으로 보일지도 모르지만 내 딴에

는 제법 희망적으로 관측한 결과다.

메달과는 관계없지만 걱정되는 건 축구다. 아시안컵 같은 일이 발생하지 않도록 정부는 단호한 태도로 중국 정부에 요청해야 한다.* 아니, 어쩌면 축구 경기장 말고 다른 곳에서도 그런 일이 일어날지도 모른다. 경기보다는 선수들이 우선이다.

《책의 여행자》 2004년 10월호

* 2004년 아시안컵 경기에서 중국 축구 팬들이 일본 국가가 연주되는 동안 야유를 퍼붓고 일본 축구 팬에게 쓰레기를 투척하는 사태가 발생했다.

호리우치는 감독 실격인가?

아테네 올림픽이 끝난 후로 스포츠 화젯거리는 야구가 독점했다. 일본 프로야구 사상 첫 파업을 감행했고, 바다 건너에서는 이치로가 대기록을 달성하려 하고 있다.* 축구의 인기에 밀린다고는 하나 야구도 아직 사람들에게 무시당하는 수준은 아니구나 싶었다.

그렇지만 야구 전체가 주목받는 것은 아니다. 그간 교진**의 인기에 의존하는 프로야구계의 체질이 비판을 받아왔는데, 요즘은 정작 교진에 대한 주목도가 저하되고

* 2004년에 스즈키 이치로는 메이저리그 단일 시즌 최다 안타인 262 안타를 친다.

** 요미우리 자이언츠를 가리킨다.

있다. 올림픽도 있었던 데다 우승을 못 하니까 어느 정도는 감안해야겠지만, 시청률이 최저 기록을 연이어 갱신하다니 이게 어찌된 일일까.

뭐, 요인은 여러 가지겠지만 결국 매력이 없다는 말 한마디로 정리할 수 있지 않을까.

시즌이 시작되기 전부터 사상 최강의 타선을 자칭했다. 홈런 타자를 죽 늘어세웠으니 그 자체는 틀린 말이 아닐지도 모른다. 사실 팀의 홈런 수는 어마어마했다.

실은 매력이 있어야 당연하다. 그런데 역시 그게 느껴지지 않는다. 왤까. 간단히 말하자면 그렇게 때리는데도 못 이기기 때문이다. 지는 경기에서 홈런이 나와봤자 허무할 따름이다. 그런 허무함을 맛보기 싫어서 채널을 돌린다. 그 결과 시청률이 낮아진다.

나는 올해 교진이 틀림없이 우승할 줄 알았다. 투수진이 다소 불안할지언정 결과적으로 상대를 격파하리라고 생각했다. 토너먼트라면 모를까 긴 시즌은 싸우다 보면 결국 저력에서 차이가 드러나는 것이 보통이다.

하지만 9월 말 현재, 1위는 주니치 드래건스다. 이 졸문이 잡지에 실릴 때는 이미 우승 팀이 결정됐을 것이다. 그리고 2위가 야쿠르트 스왈로스. 전력이 거대한 교진은 3위에 머무르고 있다.

대체 무슨 일이 벌어진 걸까. 그걸 분석하기 전에 각 구단의 성적을 나열해보자.

주니치 75승 52패 / 579득점 530실점 / 팀 평균 자책점 3.92

야쿠르트 67승 58패 / 581득점 637실점 / 팀 평균 자책점 4.70

교진 68승 60패 / 713득점 647실점 / 팀 평균 자책점 4.54

(9월 26일 현재)

이걸 보면 각 팀의 특징이 어렴풋하게나마 눈에 들어온다. 주니치는 실점을 억제해 적은 득점으로 이긴다. 교진은 실점도 하지만 그 이상으로 득점을 뽑는다. 야쿠르트는 이길 때는 아슬아슬하게 이기고 질 때는 화끈하게 진다고 할까.

하지만 이것만 가지고는 진짜 실력을 확인할 수 없다. 예를 들어 야쿠르트의 팀 평균 자책점은 세 구단 중 가장 안 좋지만, 경기를 포기한 후의 실점도 반영되니까 유효한 데이터라고 보기는 힘들다.

그래서 득실점을 승전과 패전으로 나누어 한 경기당 평균 점수를 계산해보았다.

승전 득점 : 승전 실점 / 패전 득점 : 패전 실점

주니치 5.4 : 2.5 / 3.3 : 6.6

야쿠르트 6.0 : 3.1 / 3.1 : 7.4

교진 7.3 : 3.4 / 3.6 : 6.9

이러니 진실이 제법 명확하게 보이는 것 같다. 일단 주목할 점은 패전의 평균 득점이다. 졌다는 건 상대 팀 투수진이 활약했다는 뜻이다. 그럴 때 얼마나 득점을 올릴 수 있느냐가 참된 득점력을 알려주는 방증 아닐까.

자, 이걸 보면 세 팀 모두 손색이 없다. 주니치는 타격력이 교진에 한참 모자란다는 평을 듣지만 패전 때도 평균 3점은 낸다. 그리고 교진도 4점은 내지 못한다. 바꾸어 말하면 상대 팀 투수진이 좋으면 교진 타선도 주니치와 어금버금해진다는 뜻이다.

결론 1. 득점력에서 주니치와 교진은 호각이다.

다음으로 봐야 할 부분은 승전의 평균 실점이다. 승전에서 패전처리투수는 나오지 않았을 테니 참된 투수력의 기준이 될 것이다. 이 부분에는 순위가 그대로 반영됐다. 2점대인 주니치는 특히나 대단하다.

흥미로운 점은 야쿠르트다. 팀 평균 자책점은 교진을 밑돌지만, 승부처에서는 교진보다 상대를 압도하는 힘이 있음을 의미한다.

교진은 주니치와 1점 가까이 차이 난다. 결국 이것이 이번 시즌의 차이점이었으리라 추측된다. 앞서 말했듯이 참된 득점력에는 차이가 없으니 문제는 투수력이다.

결론 2. 주니치는 참된 투수력이 교진을 크게 웃돈다.

이번에는 점수 차를 살펴보자. 간단히 말하면 평균 몇 점 차로 이기고 몇 점 차로 지느냐다. 간단한 뺄셈의 결과는 다음과 같다.

주니치는 2.9점 차로 이기고 3.3점 차로 진다.

야쿠르트는 2.9점 차로 이기고 4.3점 차로 진다.

교진은 3.9점 차로 이기고 3.3점 차로 진다.

자, 이제 내가 무슨 말을 하고 싶은지 알 것이다. 주니치도 야쿠르트도 이길 때보다 질 때 점수 차가 크다. 그렇다고 패전했을 때 주니치의 실점이 특별히 높은 편은 아니다. 교진과 크게 다를 바 없다.

딱 잘라 말해 교진은 쓸데없는 데 힘을 쏟고 있는 셈이다. 불필요할 만큼 점수를 내고, 지는 경기에서도 투수력을 소모한다. 한 경기에서야 그럴 수도 있지만, 100번 넘게 경기를 치른 결과가 이렇다면 선수 개개인의 능력과는 다른 곳에 원인이 있다는 의구심이 들 만도 하다.

그래서 2003년의 교진과 비교해보았다. 교진은 전부터 이런 식으로 야구를 했을까.

2003년 교진 71승 66패 3무 / 654득점 681실점 / 팀 평균 자책점 4.43

아까와 마찬가지로 승전과 패전으로 나누어 분석해 보겠다.

승전 득점 : 승전 실점 / 패전 득점 : 패전 실점

2003년 교진 6.0 : 2.8 / 3.5 : 7.4

패전 득점률은 올해와 거의 같다. 즉, 그렇게 보강했음에도 참된 득점력은 상승하지 않았다. 팀 평균 자책점도 비슷하다. 하지만 승전 실점률이 다르다. 올해 주니치와 마찬가지로 2점대다. 대신에 패전 실점률이 엄청나다. 올해 야쿠르트처럼 7점대다.

요컨대 작년 교진의 경기 방식을 숫자로 나타내면 다음과 같다.

3.2점 차로 이기고 3.9점 차로 진다.

이렇다면 쓸데없이 힘을 낭비한다고는 말할 수 없다. 적은 점수로 이기고 질 때는 주력 투수를 소중히 보존한다는 인상이다. 데이터로 만들어보고 나도 놀랐는데, 패전 때는 올해보다 작년이 한 경기당 평균 실점이 많다.

이걸 보고 어떻게 생각하는가.

올해 교진은 작년보다 투수진이 좋지 않다고 한다. 실제로 그럴지도 모른다. 하지만 너무 차이가 난다면 패전 실점도 작년보다 많아질 것이다. 한편 득점력은 어떤가. 승전 득점은 1점 이상 많아졌지만 패전에서는 큰 차이 없다.

결국 올해 교진은 기껏 보강한 전력을 제대로 활용하지 못하고 있다는 뜻이다.

결론 3. 호리우치 감독은 쓸데없는 부분에서 선수를 굴려먹고 정작 중요한 부분에서는 아낀다. 적어도 하라다쓰노리 전 감독보다는.

《책의 여행자》 2004년 11월호

한 가지 제안

미안하지만 지난번에 이어 또 야구 이야기다.

올해 메이저리그 포스트 시즌은 대성황이었다. 뭐니 뭐니 해도 주인공은 보스턴 레드삭스다. 리그 우승을 놓고 다투는 챔피언십 시리즈에서 숙적 뉴욕 양키스에게 3연패하고 네 번째 경기도 9회까지 패색이 짙어 절체절명의 위기에 내몰렸었지만, 경이로운 뒷심을 발휘해 4연승으로 대역전에 성공했다. 7전 승부에서 3연패 후 4연승은 메이저리그 사상 첫 번째고, 미국 프로스포츠 전체로 범위를 넓혀도 고작 세 번째라고 한다. 레드삭스는 그 기세를 몰아 월드 시리즈에서도 세인트루이스 카디널스를 상대로 4연승을 거두며 단숨에 세계 정상에 우뚝 섰다.

유명한 '밤비노의 저주'*가 깨지자 연고지인 보스턴은 사망자가 나올 만큼 야단법석이 났다.

거의 같은 시기에 국내에서도 일본 시리즈가 진행됐다. 7차전까지 이어지는 대접전 끝에 세이부 라이언스가 주니치를 격파하고 12년 만에 우승을 차지했다. 이건 이것대로 좋다.

문제는 어떻게 세이부가 일본 시리즈에 나올 수 있었느냐인데, 올해부터 리그**에서 채택한 플레이오프 덕분이다. 백수십 경기를 진행한 리그전에서는 다이에 호크스***가 1위를 차지했다. 세이부는 2위, 그리고 롯데 머린스와 피 튀기는 순위 다툼을 한 닛폰햄 파이터스가 3위였다. 플레이오프전에서는 일단 세이부와 닛폰햄이 3전 2선승제로 경기를 치렀고, 승리한 세이부가 다이에와 5전 3선승제로 경기를 치렀다. 그 결과 세이부가 리그 챔피언이 된 것이다.

이 방식이 발표됐을 때 이상한 짓을 하는구나 싶었

* 보스턴 레드삭스가 1920년에 베이브 루스를 뉴욕 양키스로 트레이드시킨 후, 수십 년 동안 월드 시리즈에서 한 번도 우승하지 못한 불운을 일컫는다.

** 일본 프로야구는 열두 팀을 센트럴리그와 퍼시픽리그로 나누어 시즌을 진행한다.

*** 현재 소프트뱅크 호크스.

다. 메이저리그의 플레이오프*가 성황인 걸 보고 흉내 낼 생각이었겠지만 같은 조건에서 반년이나 싸워 순위를 매긴 세 팀에게 다시 우승 결정전을 시키다니 아무래도 납득이 가지 않는다. 비슷한 불만으로 고개를 갸우뚱하는 팬도 적지 않을 것이다.

하지만 여기서 이번 플레이오프 방식을 비난할 마음은 없다. 주목해야 할 점은 그런 이상한 플레이오프도 역시 성황을 이루었다는 것이다.

지금까지 일본 프로야구에는 단기 결전의 무대가 너무 적었다. 서로 몇 번이고 경기해 결과를 내놓는 리그전이 너무 중시됐다. 참된 실력을 비교하려면 그 방법이 최선일지도 모르겠다. 하지만 팬이 보고 싶은 건 그런 경기만이 아닐 것이다. 적어도 나는 그렇다. 여기서 지면 내일은 없다는 식의 필사적인 싸움도 보고 싶다. 고교 야구가 감동적인 것은 그런 싸움의 연속이기 때문이다. 언더독의 반란이 없는 스포츠는 질리는 게 당연하다.

아테네 올림픽에서 일본은 금메달이 확실시된다는 야구에서 동메달에 그쳤다. 감독과 선수가 단기 결전에

* 리그에 속한 세 지구의 1위 세 팀과 2위 중 가장 승률이 높은 한 팀이 5전 3선승제의 디비전 시리즈를 치러 두 팀이 챔피언십 시리즈에 진출하는 방식. 아메리칸리그와 센트럴리그의 챔피언십 시리즈 우승 팀이 월드 시리즈에서 최종 우승을 놓고 다툰다.

익숙하지 않았던 것이 가장 큰 원인 아닐까 싶다. 앞으로 정말로 일본 야구의 실력을 향상시키고 싶다면 프로야구에서도 단기 결전의 무대를 늘려야 마땅하다.

여기서 이야기를 조금 바꾸겠다. 올해 프로야구계에 지각변동이 일어났다. 첫 번째 주인공은 긴테쓰 버펄로스와 오릭스 블루웨이브였다. 웬걸, 그 명문 구단 긴테쓰가 오릭스에 흡수합병돼 사라진다는 것이다. 일반 기업이라면 모를까 선수와 개별적으로 계약을 맺고 있는 구단이 선수들에게 아무 설명도 없이 별안간 소멸이니 합병 운운해서, 놀랐다기보다 어처구니가 없었다. 선수협회가 너무 늦게 파업을 감행한 감이 있지만, 뭐 지나간 일은 어쩔 수 없다.

구단이 하나 줄어든 만큼 퍼시픽리그는 내년 흥행에 적신호가 켜졌다. 그래서 리그를 통합하자는 제안이 나왔다. 열한 개 구단은 너무 많으니 하나 더 줄이자고 어디의 누군가가 여러모로 획책한 모양이지만 마음대로 되지는 않았다. 그사이에 선수협회가 파업하고 IT 기업이 새 구단 창단을 표명하는 등 새로운 국면으로 접어들어 결국 리그 통합 제안은 흐지부지됐다.

나도 단일 리그 제도는 단호히 반대한다. 응원하는 팀이 3~4위 정도라면 그나마 신이 나겠지만, 그보다 아래로 처지면 뭣 때문에 응원하는지 모를 것 같다. 선수들이 동기를 유지할 수 있을지도 의문이다. 존재 가치가 없는 구단이 점점 늘어나 결국 단일 리그에 여섯 팀만 남게 될지도 모른다.

퍼시픽리그의 구단주들이 단일 리그 제도를 희망한 건 인기 팀인 교진과 경기를 하고 싶기 때문이라고 한다.* 관객이 많은 데다 TV 중계권료도 잔뜩 들어와서 쏠쏠하게 벌 수 있는 모양이다. 지난번에도 말했듯이 교진의 인기는 뚜렷한 하락세를 보이고 있지만 구단주들은 환상을 버리지 못한 듯하다. 그 증거로 양대 리그제를 유지하기로 결정한 후에도 교진과 경기하기를 고집해 결국 교류전** 이라는 어중간한 제도를 도입했다.

다만 팬 입장에서 말하자면 교류전의 장점이 전혀 없는 것은 아니다. 만날 기회가 없었던 팀들이 맞붙는 모습을 보고 싶기도 하다. 물론 처음 한동안만 신선하리라는 건 잘 안다. 하지만 만날 고작 여섯 팀의 조합으로 경기를 펼치면서 매번 신나게 즐기라는 건 너무 무리한 요구 아닐까.

하나 고육지책으로 얼렁뚱땅 치르는 교류전이 프로

* 교진, 즉 요미우리 자이언츠는 센트럴리그다.

** 다른 리그에 속한 팀들끼리 펼치는 경기. 인터리그라고도 한다.

야구 흥행의 특효약이 될 것 같지는 않다. 개막전의 열기보다 약간 나은 수준을 기대하는 것이 고작일 듯싶다. 순위 다툼이 치열해질 법한 시기를 피해서 교류전 일정을 설정해놓았기 때문이다.

자, 여기서 본론이다. 프로야구는 어떻게 재편하는 것이 최선일까.

- 플레이오프는 필수.
- 신선한 조합이 보고 싶다.
- 구단주들은 교진과 경기하기를 원한다.

이러한 문제를 해결하기 위해서 한 리그에 네 구단씩 3리그제를 제안한다. 기본적으로는 같은 리그의 네 구단이 순위를 겨룬다. 다만 다른 리그와 교류전도 펼친다. 예를 들면 한 팀이 같은 리그 세 팀과 스물여덟 경기씩 치르고 다른 리그 여덟 팀과 일곱 경기씩 치르면 한 팀의 총 경기 수는 딱 140경기다. 리그 내에서 승률 1위가 리그 챔피언이다. 당당히 맥주를 끼얹으며 기쁨을 만끽하면 된다. 올해 다이에처럼 1위를 했는데도 기쁨을 누리지 못할 일은 없다.

즉 리그 챔피언이 세 팀 나온다. 여기서부터는 어떻게 할지 메이저리그를 보는 사람은 알 것이다. 이 세 팀에 나머지 팀 중에서 승률이 가장 높은 팀(와일드카드라고 한다)을 더해 플레이오프를 치르는 것이다. 이 플레이오프를 일본 시리즈로 만들면 된다.

물론 문제는 있다. 가장 큰 문제는 리그를 어떻게 조합하느냐다. 어느 구단이든 교진과 같은 리그에 들어가고 싶으리라. 또한 팬들 입장에서도 네 구단이 고정되면 질린다.

그러므로 로테이션 방식을 도입한다. 한마디로 말하면 1위 이외의 세 구단을 매년 싹 교체하는 것이다. 예를 들면 어떤 해에 다음과 같이 조합됐다고 치자(현시점에서는 새로 창단될 구단이 불명확하므로 신생 팀이라고 했다).

	1위 / 2위 / 3위 / 4위
A 리그	주니치 / 한신 / 야쿠르트 / 요코하마
B 리그	세이부 / 교진 / 롯데 / 닛폰햄
C 리그	다이에 / 히로시마 / 오릭스 / 신생 팀

그러면 다음 해의 조합은 이렇다.

A 리그	주니치 / 히로시마 / 오릭스 / 신생 팀
B 리그	세이부 / 한신 / 야쿠르트 / 요코하마
C 리그	다이에 / 교진 / 롯데 / 닛폰햄

우승하지 못한 세 팀은 다음 해에도 거의 같은 면면끼리 싸우게 된다. 극단적으로 말해 아주 약한 세 구단이 같은 리그에 소속된 경우, 주야장천 그 조합으로 경기를 펼쳐야 한다. 교진과 같은 리그가 되더라도 기뻐할 수 있는 건 1년뿐이고, 교진이 거뜬히 우승하면 다음 해에는 작별이다. 교진의 우승을 막으면서 자신도 우승하지 않는 길을 선택하는 영악한 팀은 플레이오프에 진출할 영광이 좀처럼 돌아오지 않는다.

개인 타이틀은 어떻게 하는가, 하는 문제도 있지만, 그야 리그별로 정하면 된다. 타격왕과 홈런왕이 매년 세 명씩 나오는 것도 다채로워서 좋지 않을까.

올스타전은 A대 B, B대 C, C대 A 세 경기를 치르면 된다. 전부 면면이 달라지니까 신선하다.

어디서 어떻게 봐도 좋은 생각이다 싶은데, 이런 방안을 검토한 적은 없을까. 아마추어인 내가 떠올릴 정도이니 누군가 이미 말을 꺼냈을지도 모르겠다. 반대자가 있다면 기득권에 연연하는 센트럴리그의, 교진을 제외한 다섯 구단이겠지.

《책의 여행자》 2004년 12월호

대재해! 제일 먼저 움직이는 것은……

나카고시 지진이 발생한 지 두 달 가까이 지났다. 보도되는 내용을 보면 복구는 지지부진한 상황인 듯하다. 여진이 매일같이 계속돼 벌벌 떨던 시기에서는 벗어났는지도 모르지만 공포가 일단락된 지금, 이재민들은 잃은 것이 얼마나 큰지 새삼 실감하고 있지 않을까 상상해본다.

이번 지진을 보니 역시 한신·아와지 대지진이 떠올랐다. 사상자 수는 그때가 훨씬 많았지만 그렇다고 이번이 낫다고 말할 생각은 털끝만큼도 없다. 피해를 입은 사람들의 고통은 동등하다.

하지만 그 대지진의 경험이 유효했던 것도 사실이리라. 공무원들의 대응이 더뎠던 것은 여느 때와 다를 바 없었지만, 그래도 한신·아와지 때와 비교하면 많이 개선됐다. 도쿄도 소속 하이퍼 레스큐 팀은 건물 잔해에 파묻힌 어머니와 아들 중 아들만이라도 기적적으로 구출하는 활약을 보였다. 이는 한신·아와지 대지진의 교훈을 살려 만들어진 팀이다.

정치가의 대응은 어땠을까. 뭐, 확실히 퍼포먼스는 빨랐다. 도내에서 영화를 감상할 예정이었던 고이즈미 총리는 지진이 났다는 소식을 듣자마자 일정을 취소하고 관저로 돌아왔다. 과거 한신·아와지 때 무라야마 도미이치 총리는 지진보다 사회당 내분 문제로 머리가 꽉 찬 탓에 사망자가 200명이 넘었다는 소식을 듣고서야 예사롭지 않은 사태로 인식했다. 그럼 지진이 발생한 지 여섯 시간 넘게 지난 그때 총리는 뭘 하고 있었을까. 사회당을 탈당하려는 의원들을 어떻게 달랠 것인지 회의를 하고 있었다. 아직도 기억에 생생한 '에히메마루 사건'* 때는 더 가관이었다. 생때같은 고등학생들이 미국의 실수로 사망했는데도 골프에 여념이 없었던 모리 요시로 총리는 퍼니 보기니 떠들며 18번 홀까지 마친 후 시원하게 목욕하고 나서야 관저로 돌아왔다. 이건 위기관리 능력 운운할 수준이

* 수산 고교의 어업 실습선 '에히메마루'가 미군 잠수함과 충돌해 아홉 명이 사망한 사건.

아니었다. 그에 비하면 이번 총리의 대응은 그럭저럭 괜찮지 않았나 싶다. 하나 영화 감상을 중지한 건 좋았지만, 무대 인사가 끝날 때까지 자리에서 일어나지 않은 것은 실수다. 별 차이 없으리라 생각했겠지만 국민은 그렇듯 세세한 부분까지 지켜보는 법이다. 한끝이 모자란 사람이다.

이번에 대응이 빨랐던 건 뭐니 뭐니 해도 자원봉사자들이다. 교통이 마비됐는데도 이재민 대피소가 설치되는 것과 거의 동시에 선발대가 달려왔다. 대재해가 일어나면 도우러 가자는 분위기가 높아진 건 역시 한신·아와지 대지진 이후부터인 듯하다.

자원봉사자들이 나누어주는 따스한 된장국이 대피소에서 떨고 있는 사람들에게는 참 고맙게 느껴지리라. 재해 복구에는 인력도 필요하다. 무상으로 남을 도우려는 사람들의 열의에 머리가 절로 숙여진다.

하지만 자원봉사자도 다양하다. 이번에는 희한한 자원봉사자도 모여든 듯하다. 그저 밥을 먹으러 오는 자원봉사자, 슈퍼에서 도둑질을 한 자원봉사자, 실은 지명수배범이었던 자원봉사자. 재해가 발생하면 자원봉사자가 모여든다는 게 상식으로 자리 잡자 그걸 악용하려는 인간도 늘어난 모양이다. 참 골치 아픈 일이다.

뭐, 하지만 대부분은 선량한 사람들이리라. 그들의 활

동에는 순수하게 박수를 보내고 싶다.

전기, 수도, 통신 등 생활 필수 시설과 교통망도 느릿느릿하기는 하지만 회복되고 있는 것 같다. 일부에서는 주택 재건축에도 들어간 모양이다. 가설 점포에서 장사를 시작한 사람도 있다고 한다.

하지만 이제부터가 문제다. '재해를 당했다'라고 과거형으로 적으면 어쩐지 다 지나간 일처럼 느껴지지만, 한신·아와지 대지진 때도 그랬듯이 이재민들이 정말로 고생하는 건 사실 복구에 들어간 후부터다.

부서진 집은 저절로 고쳐지지 않는다. 본격적으로 장사를 재개하려면 점포가, 물건을 만들려면 공장과 기계가 필요하다. 농사도 문명의 이기 없이는 못 짓는다.

그들에게 지금 제일 필요한 것은 무엇인가. 답은 명확하다. 돈이다. 돈이 없으면 복구는 불가능하다.

하지만 이럴 때 관공서는 냉큼 돈을 내놓지 않는다. 별 시답잖은 일에는 물 쓰듯이 돈을 쓰면서 서민을 구할 때는 왜 갑자기 노랑이처럼 인색하게 구는 걸까. 예를 들어 현에서 지원하는 주택 보수 보조금은 심사가 몹시 까다롭다. 전파, 대규모 반파, 반파, 일부 손상 이렇듯 네 단계로 구분해 보조금을 결정하는데, 서 있는 부분이 조금이라도 남아 있으면 일단 전파로는 인정이 안 된다. 기울어지든 어쨌든 지붕이 남아 있으면 기껏해야 반파다. 발표에 따르면 전파가 2500채에 반파가 4800채라는데 실태는 발표와는 상당히 다르다고 들었다.

쩨쩨한 소리 하지 말고 세금을 떡하니 투입해서 새 집을 지어주면 되지 않을까.

하기야 현은 조금이라도 보조금을 내주니까 그나마 낫다. 국가는 도로와 하천 등 공공물을 보수하는 데는 세금을 쏟아부으면서 개인의 부서진 집에는 전혀 관심이 없다.

국가가 미덥지 못하다면 국민들이 십시일반으로 협력하는 수밖에 없다. 바로 의연금이다. 생각해보면 의연금이라는 말도 한신·아와지 대지진 이후로 대중화된 것 같다.

인터넷이 보급돼 클릭 한 번이면 모금이 가능해졌다. 적십자 의연금도 제법 인지도가 높아진 듯하다.

그런데 이렇듯 선의의 돈이 움직이면 이상한 작자들도 꼬물대기 시작한다. 자원봉사자 무리에 희한한 사람들이 섞여 든 것처럼 의연금을 모으는 사람 중에도 수상쩍은 사람들이 나타났다.

아니나 다를까 일단 인터넷에 가짜 사이트가 생겨났다. 의연금을 모금한다고 속여 자기 계좌에 돈을 이체시키는 것이다. 나카고시 지진을 이용한 보이스피싱도 빈번히 발생했다. 재해를 당한 자식이나 손주로 위장해 노인들에게 돈을 뜯어내는 방식이다.

대재해가 발생했을 때 제일 먼저 움직이는 것은 누구일까. 공무원도 자원봉사자도 아니고 바로 사기꾼임을 새삼 깨달았다. 그들은 어떤 대참사도 일확천금을 얻을 기회로 볼 뿐이다.

요전에 거리를 걷고 있는데 몇몇 젊은이가 길가에서 의연금을 모금하고 있었다. 재해 지역의 사진을 붙인 작은 상자에는 '나카코시 지진 복구에 힘을 보태주시기 바랍니다'라고 적혀 있었다.

내가 앞을 지나가자 한 젊은이가 다가와 얼마라도 괜찮으니 모금에 동참해달라고 했다. 안경을 낀 성실해 보이는 사람이었다.

신분증은 있냐고 물어보았다. 젊은이는 당황한 표정으로 학생증 같은 것을 꺼냈다. 나는 고개를 저었다.

"그쪽이 의연금을 반드시 이재민들을 위해 사용한다는 확실한 증거가 필요한데요."

젊은이는 불쾌한 표정을 지었다. 의연금을 착복하는 것 아니냐고 의심받았으니 당연한 반응이다. 그는 부루퉁한 얼굴로 물러갔다.

그에게 미안한 짓을 했는지도 모르지만 이해해주었으면 한다. 지금 우리 사회는 길가에서 어디의 누군지도 모르는 사람의 말을 철석같이 믿고 모금에 동참해도 될 만큼 신뢰도가 높지 못하다.

나는 조금 떨어진 곳에 있는 카페에 들어가 그들을 바라보았다. 군소리 없이 의연금을 내고 가는 사람은 얼마 없었다. 한 시간쯤 관찰했지만 상자에 돈을 넣은 사람은 열 명 정도였다. 한 명당 얼마나 넣었는지는 모르지만 분명 잔돈이 대부분이리라.

젊은이 몇 명이 한 시간 걸려서 고작 천 엔 정도인가.

차라리 한 시간 아르바이트해서 돈을 보내는 게 낫지 않을까 싶었지만 쓸데없는 오지랖이겠지.

《책의 여행자》 2005년 1월호

누가 잘못했고, 누구에 대한 의무인가

아는 사람은 알겠지만 나는 스노보드 타는 걸 좋아한다. 젊은 시절에 스키를 10년쯤 타다가 어느 순간 딱 끊은 후로 겔렌데나 설산에는 전혀 관심이 없었다. 그런데 요즘에는 겨울이 다가오면 기상 상황 걱정으로 애가 탄다. 물론 스키장의 기상 상황이다. 다만 올해(2004년 12월 시점)는 나카고시 지진이 있었으므로 "눈아 빨리 펑펑 내려라" 하고 큰 소리로 떠드는 건 삼갔다. 나는 니가타현의 스키장에 주로 가기 때문이다.

하지만 니가타현 입장에서도 관광과 스키장 수입은 재해 복구를 위한 큰 자금원일 테니 역시 스키 시즌에는 눈이 나름 내리지 않으면 곤란할 것이다. 그래서 나도 예전보다는 조금 크게 "빨리 눈이 내리면 좋겠다" 하고 말하게 됐다.

그런데 안 내린다. 니가타뿐만 아니라 신슈와 홋카이도에도 안 내린다. 12월 들어 겨우 홋카이도의 스키장이 차례차례 오픈은 했지만 예전 같으면 이런 일은 상상도 못 했을 것이다. 내가 자주 가는 군마현 미나카미는 12월 말인데도 자연설이 거의 쌓이지 않았다. 2년 전 이맘때에는 표고가 제법 낮은 곳도 적설량이 1미터를 넘었는데.

한편 여름에는 기록적인 무더위였다. 이건 지구 전체가 뜨거워졌다고밖에 볼 수 없다.

2003년 여름, 스위스에서 41.5도라는 믿기지 않는 기온이 기록됐다. 프랑스에서는 더위 때문에 노인을 중심으로 1만 5천 명이 사망했다. 옥스퍼드대학 연구 팀의 발표에 따르면 이산화탄소 등에 의한 지구온난화의 영향으로 이상 열파가 발생했다고 봐도 무방하다고 한다. 이산화탄소를 인위적으로 증가시킨 상태와 아무것도 하지 않은 상태에서 지구 전체의 기후가 어떻게 변화하는지 시뮬레이션한 결과 판명된 사실이다. 계속 이대로 나아가면 수십 년 후에는 이상 열파가 더욱 빈번하게 발생한다는 모양이다.

여름이 그러니 겨울도 당연히 안 춥다. 유엔환경계획

과 취리히대학 연구 팀은 지구온난화가 이대로 계속되면 앞으로 30년에서 50년 사이에 표고 1500미터 이하의 스키장은 눈이 부족해 폐쇄에 직면할 것이라 예측했다.

그냥 넘어갈 수 없는 이야기다. 그렇게 되면 어떻게 해야 할까. 홋카이도로 이사할까. 아니, 그런 문제가 아니다. 스키와 스노보드는 일단 옆으로 밀어놓자.

온난화가 진행되면 그 밖에 또 어떤 문제가 발생할까. 대충 다음과 같은 상황이 예상된다.

- 북극과 남극의 얼음이 녹아 해수면이 상승한다. 그 결과 몇몇 지역은 물에 잠길 우려가 있다.
- 사막화가 진행된다.
- 말라리아 등의 열대 풍토병이 온대 지방까지 확산된다.
- 한편 비가 내리는 곳에서는 집중호우가 잦아져 산사태 등의 재해가 늘어난다.

첫 번째 문제는 가슴에 딱 와닿지 않는 사람이 많을지도 모르겠다. 극지방의 얼음이 아무리 녹아봤자 드넓은 바다에 비하면 새 발의 피 같은 기분이 든다. 하지만 실은 녹은 얼음의 양뿐만 아니라 온도 상승에 따른 해수의 팽

창도 계산에 넣어야 한다. 일단 현시점에서는 금세기 말까지 해수면이 약 65센티미터 상승할 것으로 예상된다.

뭐야, 별것 아니잖아. 그렇게 생각하면 큰코다친다. 남태평양에 흩어져 있는 나우루공화국, 바누아투, 사모아독립국 등 산호초 위에 있는 여러 섬나라는 해발이 고작 몇 미터에 지나지 않는다. 해수면이 65센티미터나 상승하면 그 나라들은 국토의 많은 부분을 잃는다.

먼 나라에서 발생하는 남의 일이라 여기고 무관심해서는 안 된다. 온난화를 초래한 주범은 현재 선진국이라 불리는 나라들이다. 그리고 그 책임을 지는 의미에서 일본은 수몰할 위기에 직면한 작은 나라에 다양한 원조를 해나가기로 했다. 원조는 다시 말해 돈이다. 돈은 다시 말해 세금이다. 우리가 낸 세금이 그 일에 사용된다. 어떻습니까, 남의 일이 아니죠?

두 번째 문제도 심각하다. 이산화탄소를 흡수해야 할 삼림을 벌목하면 온난화가 가속될 뿐 아니라 나무가 없어진 땅이 급속하게 사막화된다. 연간 약 600만 헥타르의 속도라니까 입이 떡 벌어진다. 이럴 때면 흔히 도쿄돔을 비교 대상으로 삼는데, 600만 헥타르면 도쿄돔이 약 130만 개나 들어간다. 와, 어마어마하다.

세 번째 문제. 이것도 이미 시작됐다. 2001년 간사이공항에 열대집모기가 번식했다. 항공기를 통해 유입된 모양인데 원래는 열대나 아열대 지역에만 서식하는 종이다. 간사이공항의 환경이 그러한 지역과 비슷해진 것으로 추정된다. 마찬가지로 열대나 아열대 지역에 서식하는 모기 중에 얼룩날개모기는 말라리아를 옮긴다. 이미 풍토병이 퍼질 환경은 갖추어진 셈이다.

네 번째는 실감하는 사람이 많으리라. 올해 일본이 바로 그랬다. 기록적인 강수량과 태풍의 잇따른 상륙. 일본 열도가 흐슬부슬 허물어져 떠내려가는 게 아닌가 싶었다.

이렇듯 지구온난화는 몹시 무서운 현상인데, 보통 사람들은 어떻게 인식하고 있을까? 역시 적잖이 불안해하는 듯하다. 올해 10월에 《요미우리신문》에서 조사한 바로는 60퍼센트의 사람이 온난화에 불안감을 느낀다고 답변했다.

다만 그렇게 대답한 사람이 대부분 30대 이상이라는 점이 마음에 걸린다. 연령층이 낮을수록 온난화에 둔감해지는 것 같다. 또한 환경세를 도입해 환경 대책 비용을 충당하는 안에도 젊은 층일수록 반대 의견이 많았다. 환경과 자연을 보호하려고 노력하느냐는 질문에도 '그렇다'라고 대답한 사람의 비율은 20대 남자가 제일 낮았다.

젊으니까 제멋대로라고 단정해서는 안 된다. 그들은

애초에 온난화를 실감하지 못하는 것이다. 우리 같은 중년 세대는 겨울에 몹시 추웠던 기억이 있지만, 그들에게는 없다. 태어나 사리분별을 할 수 있게 된 시절부터 내내 포근한 겨울이다. 그 증거로 2000년에 기상청은 난동暖冬의 판단 기준을 변경했다. 그때까지 사용한 '평년과 같은 정도'라는 기준으로는 해마다 '올해는 난동'이 되므로 최근 일본의 겨울은 옛날보다 조금 따뜻한 것이 보통이라는 식으로 바꾼 것이다(그런데도 올해는 난동이라고 발표됐으니 옛날 기준으로 따지면 '열동熱冬'쯤 되려나).

지금 젊은 사람들에게는 이 기후가 보통이다. 그러니 온난화에 위기감을 가지라고 말해본들 잔소리로 들릴 뿐이다.

참으로 슬프고 무서운 일이다. 지구온난화가 기후에 대한 사람들의 인식부터 서서히 망가뜨려간다.

온난화로 고생하는 건 누구일까. 우리 중년 세대도 약간은 고생하리라. 하지만 그렇게 긴 시간은 아니다. 나는 아마 체력이 버티는 한은 스노보드를 즐길 수 있을 것이다. 그것도 분명 국내에서. 하지만 지금의 20대는 어떨까. 노년기에 접어들었을 때 일본에 겔렌데라 불릴 만한 게 남아 있기는 할까.

온난화 방지는 젊은이와 아이들, 그리고 앞으로 태어

날 세대를 위한 우리의 의무다. 왜냐하면 그들에게는 책임이 없으니까.

물론 그들의 협력도 필요하다. 그런데 말이다.

휘발유를 펑펑 뿌리듯 오토바이를 마구 타고 다니는 젊은이가 있다고 치자. 그에게 온난화 대책을 어떻게 설명하고 설득해야 할까.

"어른들이 옛날에 석유랑 석탄을 흥청망청 써서 그런 거잖아. 자기들은 실컷 그래놓고 우리한테 참으라니 어처구니가 없네. 환경세? 우리보다 나이 많은 어른들한테 받든가."

이 정론에 어떻게 대답하면 좋을까?

《책의 여행자》 2005년 2월호

이제 한탄은 그만둘까

지난 호에 지면을 빌려 "스노보드를 타고 싶은데 눈이 안 와. 어떻게 된 거야, 젠장. 역시 온난화가 진행되고 있는 거야. 빨리 어떻게든 하지 않으면 위험해" 하고 부르짖었는데, 요즘(2005년 2월 초)은 연일 큰 눈이 내려 각지에서 피해가 발생하고 있다. 18년 만에 고치현에 눈이 쌓였다는 소식은 토픽감이지만, 차가 미끄러져 37중 추돌 사고가 발생했다는 소식을 들으면 역시 눈도 적당히 내려야 좋다는 생각이 든다. 특히 나카고시 지진으로 피해를 입은 사람들의 처지는 정말 안타까울 따름이다. 하지만 내가 눈이 부족하다고 한탄해서 하느님이 폭설을 퍼부은 건 아닐 테니 항의 편지는 정중하게 사절하겠다.

그건 그렇고 날씨는 참 모르겠다. 기상청도 눈이 이렇게 많이 올 줄은 예상치 못했으리라. 하지만 그렇다고 지구온난화가 착각이었던 건 아니다. 온난화를 제대로 파악하려면 좀 더 장기적인 시각으로 바라봐야 하는 법이다. 한때의 날씨만 가지고 지구 규모의 변화를 추량하다니 당치도 않다. 아니, 어쩌면 이 폭설도 실은 온난화의 위험을 알리는 신호 중 하나일지 모른다.

현재 지구의 기후변화를 수학적으로 완벽하게 나타내기는 불가능하다고 한다. 알다시피 지구 표면은 대부분 물로 덮여 있는데, 그 물의 흐름조차 완벽하게 수식화하지는 못했다. 수식화에 성공하면 상금이 약 1억 엔이나 될 만큼 어려운 문제다.

인간은 발칙한 짓을 했다. 불활성가스와 이산화탄소를 마구 방출해 본래 걸어가야 했을 기후변화의 길을 뒤틀어버리고 말았다. 이 길은 비가역적이다. 지금부터 가스 방출을 억제해도 원래 길로는 되돌아가지 못한다.

그리고 인간은 다른 분야에서도 같은 잘못을 저지르고 있다.

올해 6월부터 특정 외래 생물 피해 방지법이 시행된다. 외국 생물을 마음대로 반입하거나 사육하는 걸 금지하는 법률이다. 현재 일본에는 약 2천여 종의 외래종이

유입돼 있다. 그러한 외래종에 의한 피해가 늘어나자 대책을 마련하고자 국가가 뒤늦게나마 드디어 들고 일어선 셈이다.

외래종이 유입되는 경로는 다양하다. 교통기관의 발달로 식물 씨앗이 짐이나 사람 몸에 붙어서 유입되기도 하고, 짐 속에 외국 쥐가 숨어든 사례도 있다. 이런 건 얼마간 어쩔 수 없는 측면이 있다. 문제는 뭐니 뭐니 해도 의도적으로 외래종을 들여오는 경우다. 아니, 들여오기만 하면 그나마 낫다. 최악은 그 동식물이 생태계에 어떤 영향을 끼칠지 깊이 생각해보지도 않고 자연에 풀어놓는 짓이다. 독이 있는 반시뱀을 퇴치하려고 코브라의 천적 몽구스를 풀었더니 반시뱀은 거들떠보지도 않고 특별 천연기념물 아마미검은멧토끼를 잡아먹은 건 유명한 이야기다. 덤으로 반시뱀은 야행성이고 몽구스는 주행성이라 양쪽이 맞닥뜨릴 일이 거의 없었다는 웃기지도 않는 반전이 딸려 있다.

비슷한 일이 또 있다. 오키나와에서 장구벌레를 없애기 위해 미국 어종인 모기어를 방류했다. 이 녀석은 장구벌레는 물론 송사리도 먹었다. 시마네현 오키노시마섬에서는 유럽 굴토끼를 식용으로 방목했다. 하지만 식량 사정이 좋아져 포획량이 줄자 금세 불어난 굴토끼가 습새 서식지를 장악했다.* 덧붙이자면 슴새 번식지는 국가 천연기념물로 지정되어 있다.

왜 그렇게 멍청한 짓을 했느냐고 따지고 싶지만, 뭐 그래도 이런 경우는 그나마 용서가 된다. 생태계가 교란된다는 생각 자체가 없었던 시절에 저질러진 잘못이기 때문이다. 분명 눈앞에 있는 문제를 해결하는 데 급급해 생태 사슬까지 두루 마음을 쓸 여유가 없었으리라고 해석 못 할 것도 없다.

용서할 수 없는 건 자기 사정만 앞세워 자연계에 외래종을 멋대로 풀어주는 짓이다. 그리고 이러한 일은 지금도 끊이지 않는다.

미국너구리는 귀엽다. 어디까지나 애니메이션으로 볼 때만. 진짜 미국너구리는 '라스칼'** 과는 다르다. 실제로 기르려면 힘든 건 자명한 사실이다. 그런 동물을 애완용으로 대량 수입해서 어쩌자는 말인가. 일본의 주택 사정을 고려하건대 애먹는 사람들이 속출할 게 불 보듯 뻔하다. 결국 힘에 부친 주민들은 미국너구리를 멋대로 버린다. 그렇다고 동네 한복판에 버릴 수는 없으므로 어디

* 굴을 파고 생활하는 굴토끼와 역시 굴을 파고 둥지를 트는 슴새가 삶의 터전을 두고 경쟁을 벌인 탓이다.

** 미국 작가 스털링 노스의 자전적 소설 『꼬마 너구리 라스칼』에 등장하는 미국너구리. 일본에서는 1977년에 애니메이션으로 방영됐다.

면 산속까지 가서 버리고 온다. 미국너구리 입장에서도 얼떨떨하겠지만 먹고살아야 하므로 먹을 걸 찾는다. 당연히 야생화된다. 생존 능력이 높은 만큼 예전부터 살고 있던 동물과 농사를 짓는 농가가 피해를 입는다.

방금 미국너구리를 동네 한복판에 버릴 수는 없다고 했는데, 버려지는 동물도 있다. 후추시에서는 길이 1미터의 이구아나가 주택가를 돌아다닌 적도 있었다고 한다. 하치오지에서는 아메리카 대륙이 원산지인 악어거북이 길에서 발견됐다. 악어라는 말이 붙을 정도니까 무는 힘도 엄청나다. 어린아이가 만지기라도 했으면 큰일 났으리라.

블랙배스는 취미 활동을 즐길 목적으로 무책임하게 방류된 대표적인 예다. 1920년대에 가나가와현 아시노코 호수에 방류된 게 시초인 듯하다. 그 후에 낚시꾼이 다른 호수에 멋대로 풀어준 탓에 거의 전국에 서식하게 됐다고 한다. 거참 대단한 번식력이다.

이 번식력의 악영향을 정통으로 받고 있는 대표적인 예가 비와코 호수의 특산품 붕어식해초밥이다. 냄새 때문에 싫어하는 사람도 있겠지만 맛있다. 그 재료로 사용하는 토종 붕어의 개체수가 블랙배스 때문에 격감해 문제가 심각하다고 한다. 붕어가 잡아먹히고 있으니 각지의 블랙배스 서식지에서 다른 일본 고유종도 피해를 입고 있으리라.

나도 잘 몰랐던 사실인데 국내에는 독자적으로 발달한 생물이 의외로 많다고 한다. 포유류의 20퍼센트, 양서류의 70퍼센트가 고유종이라고 해서 놀랐다. 섬나라라는 게 큰 이유겠지만 영국에는 포유류와 양서류 고유종이 없다고 한다. 다종다양한 동식물이 있는 나라, 그게 일본의 또 다른 얼굴이었던 것이다.

그런데 우리는 그런 장점을 박살 내려 하고 있다. 아니, 이미 시작됐다. 그리고 지구 기후가 바뀐 것과 마찬가지로 일단 생태계에 허튼짓을 하고 나면 예전으로 되돌리기는 결코 쉽지 않다.

환경청은 2000년부터 아마미오시마섬의 몽구스 약 1만 마리를 퇴치하는 사업을 시작했다. 하지만 성과는 거의 없다. 세계적으로 보았을 때도 생태계를 위협하는 외래종을 막는 최선의 방책은 예방뿐이라는 것이 정설이다. 일단 유입되면 근절하기는 몹시 어렵다. 이 또한 비가역적이다.

따라서 더 이상 이대로 놔둬서는 안 되겠다 싶어 특정 외래 생물 피해 방지법을 제정한 것이다. 그런데 놀랍게도 이러한 움직임에 반대하는 사람이 있다니까 세상은 참 모를 일이다. 반대하는 측은 낚시 관련 단체다. 블랙배스는 제외해달라고 한다. '낚시꾼을 혼란시키고 관련 업자에게 영향을 끼친다'는 이유다. 어떻게 혼란스러운지는 모르겠지만 업자에게 영향이 간다는 건 어느 정도 이해가 간다. 블랙배스가 대상 어종에 포함되면 낚시에 대한 이미지가 분명 악화될 것이다. 낚시 관련 산업이 피해를 입으리라 짐작된다.

낚시를 하지 않는 내 입장에서는 애당초 생태계를 고려하지 않고 외래종을 유입시킨 당신들 잘못이니까 이미지가 나빠져도 어쩔 수 없다 싶은 한편으로 다른 견해도 고개를 쳐든다.

낚시 단체가 보여준 '생태계 유지보다 자신의 생계를 지키는 것이 중요하다'는 사고방식도 인간의 무시할 수 없는 한 측면 아닐까.

지구 규모로 보았을 때 인간도 당연히 생태계에 포함된다. 그리고 인간이라는 동물이 저지르는 짓 때문에 일어나는 변동도 자연현상 중 하나로 받아들인다면 어떨까. 인간이 예전 생태계를 무시하고 자신들 입맛에 맞추어 동식물을 마구잡이로 배치한다. 그 결과 멸종하는 생물이 늘어나고 번식하는 생물의 지역 차도 사라져 어딜 가든 똑같은 동식물이 똑같은 비율로 존재한다. 지구가 그렇게 돼도 상관없다는 사람이 다수파라면 이제 포기하는 수밖에 없다.

가까운 미래에 개구리도 송사리도 멸종할 것이라며 안타까워해왔다. 하지만 이제 한탄은 그만둘까. 우리 인간이 이 별을 지배했을 때부터 현재와 같은 상황은 이미 예정되어 있었는지도 모른다. 그때부터 비가역적인 길을 걸어왔을지도 모르겠다.

《책의 여행자》 2005년 3월호

인터넷에 등 돌리고 있는 것은 누구인가

무슨 일에든 자신감을 품는 것이 좋다. 특히 직업을 가진 사람은 업무에 늘 자신만만했으면 한다.

그런 한편으로 객관성을 잃어서는 안 된다. 자신감에 정말로 확고한 뒷받침이 있는지, 그저 스스로를 과신하는 건 아닌지 멈춰 서서 확인하는 냉정함이 필요하다. 특히 업무에 신뢰를 보내며 생활의 일부 혹은 모든 것을 맡기는 사람이 있다면 객관적인 시점을 수없이 갖추는 것이 필수다.

일본의 기술자는 여전히 우수하다. 이는 분명 객관적 사실이리라. 하지만 그들이 내보이는 자신감에는 정말로 완벽한 근거가 있을까. 그냥 어쩐지 자신들의 높은 기술력을 남들은 흉내 내지 못할 것이라 믿고 있는 건 아닐까. 만약 그렇다면 그건 그저 자신감 과잉이다. 그런 자신감을 신뢰했다가 소중한 것을 잃어버린 사람은 대체 누구에게 하소연해야 할까.

위조 500엔 동전이 나돌고 있다. 얼핏 보기에는 구분이 안 갈 만큼 정교하게 만들어서 우체국 현금자동지급기조차 판별하지 못하고 지폐 환전에 응했다.

500엔 동전은 도입 당시부터 위조가 빈발했다. 세계적으로도 유례가 없을 만큼 고액 동전이기 때문이다. 그리고 동전은 지폐보다 위조가 훨씬 쉽다.

자동판매기든 환전기든 동전을 기계로 판별하는 기준은 치수를 포함한 형태와 무게, 이 두 가지뿐이다. 현재 시장에 나돌고 있는 공작기계를 사용하면 형태를 모방하기는 간단하다. 문제는 무게인데, 재료의 성분을 일치시키면 해결된다.

이번에 발견된 위조 500엔 동전은 금속 성분까지 진짜와 똑같았다고 한다. 성분과 비율이 조폐공사 홈페이지에 올라와 있다고 모 텔레비전 방송에서 패널들이 비판했는데, 금속 성분은 분석기를 사용하면 간단히 알아낼 수 있으므로 공개하거나 말거나 상관없다.

위조가 안 되는 동전을 만들기는 아마도 불가능하리

라. 500엔 동전을 만든 기술자들도 위조 못 할 거라 생각지는 않았을 것이다. 하지만 대수롭지 않게 여긴 것 아닐까. 동전 하나를 위조하려면 약 500엔 또는 그 이상의 비용이 들 텐데 그런 멍청한 짓을 하는 인간이 어디 있겠냐고.

하지만 위조 동전은 만들어졌다. 범인들은 위조 비용이 개당 500엔보다 훨씬 저렴하니까 위조에 나섰을 것이다. 500엔 동전에 담긴 기술의 가치는 결국 그 정도였던 셈이다.

동전 판별 장치를 만든 기술자도 역시 자신들의 기술을 과신했던 것 아닐까. 만약 아니라면 위조 동전을 구분하지 못할 가능성을 알면서도 그런 미숙한 장치를 출시했다는 뜻이니 일종의 범죄를 저지른 것이나 다름없다.

그 밖에도 기술자들의 과신이 범죄의 온상이 되는 사례가 존재한다. 작년부터 올해에 걸쳐 보이스피싱(예전에는 '나야 나 사기'라고 했다)이 급증했는데, 최근에는 휴대전화 수신 화면에 가짜 전화번호를 표시하는 수법까지 등장했다. 사건이 발생했을 때 휴대전화 회사는 그런 일은 절대로 불가능하다고 단언했다. 하지만 그 후 미국 통신사가 제공하는 콜 백 서비스*를 사용하면 번호를 마음대

* 국제전화료가 비싼 나라에서 싼 나라로 전화할 경우 상대국에서 다시 거는 방식으로 요금 부담을 덜어주는 서비스.

로 표시할 수 있다는 사실이 판명됐다. 어떤 방식이냐 하면 일단 콜 백 서비스를 제공하는 회사와 계약한다. 그때 전화를 받는 상대편에 표시되는 번호를 예를 들어 경찰 번호로 해둔다. 그리고 일단 콜 백 서비스 회사에 전화를 걸었다가 바로 끊는다. 잠시 후 콜 백 서비스 회사에서 전화가 걸려온다. 이번에는 사기를 치려는 목표물의 휴대전화 번호를 누른다. 그러면 서비스 회사에서 그 상대에게 전화를 연결해 통화가 가능해진다. 상대방 휴대전화에는 경찰 전화번호가 표시된다. 보이스피싱에 대해 잘 아는 사람도 진짜로 경찰에서 전화가 왔다고 깜박 속아 넘어간다. 그러면 뒷일은 일사천리다. 경찰관인 척 교묘하게 연기하면 된다.

너무 경계심이 부족했다고 속은 사람을 탓할 수는 없다. 왜냐하면 휴대전화 번호 표시가 잘못될 리 없다고 믿기 때문이다. 아무 이유도 없이 그렇게 믿는 게 아니다. 휴대전화 회사가 큰소리를 떵떵 치니까 믿는 게 보통이다. 범행 수법이 판명된 후 휴대전화 회사는 자사 전화 간의 통화는 번호 표시에 문제가 없다고 발표했다. 그 이외에는 100퍼센트 안전을 장담할 수 없으므로 이상한 전화가 오면 일단 끊었다가 다시 걸어보라고 당부했다. 다시 말해 번호 표시는 믿을 게 못 된다고 자백한 셈이다.

기술자의 과신만 비난했지만 기술적 한계를 알면서도 이용자에게 감추는 기업의 태도에도 문제가 있다. 예를 들면 현금카드와 신용카드다. 이러한 카드를 위조할 수 있다는 사실은 20년도 넘게 전부터 알고 있었다. 하지만 은행과 신용카드 회사는 그 사실을 적극적으로 발표하지 않았다. 이용자는 카드를 도난당하지 않으면 안전하리라고 믿는다. 당연하다. 스키밍*에 대해 설명을 들은 적이 한 번도 없기 때문이다. 손쉽게 위조할 수 있으므로 비밀번호만이 생명줄임을 처음부터 알았다면 분명 꽤 많은 사람들이 카드를 만들지 않았을 것이다.

기술자가 새로운 제품을 개발하는 건 멋진 일이다. 기업 입장에서는 당연히 신제품 또는 신기술의 장점을 강조하고 단점은 최대한 감추고 싶으리라. 그 마음은 이해한다. 하지만 단점이 범죄로 이어진다면 감추는 건 죄다.

범죄로 이어질 줄은 몰랐다는 게 기업이 늘 써먹는 변명이다. 하지만 요즘처럼 높은 과학기술을 구사하는 범죄자가 늘어난 상황에서는 새로운 제품이나 기술을 제공할 때 범죄에 악용될 우려가 없는지 철저하게 검증해야 한다고 생각한다. 예를 들어 선불식 휴대전화가 범죄에

* 카드 소지자의 허락 없이 카드 정보를 전자적으로 복사하는 행위.

악용되리라는 것쯤은 마땅히 예상해야 하지 않을까.

하나 그들에게 바라봤자 현실적으로는 아무 소용도 없으리라. 그건 역시 경찰의 소임 아닐까.

얼마 전에 경시청 소식지에 인터뷰 기사를 싣고 싶다고 해서 경시청에 갔었다. 인터뷰 도중에 경찰에 바라는 점은 없느냐는 질문이 나왔다. 나는 범죄자가 새로운 과학기술로 범죄를 저지르기에 앞서 경찰이 먼저 범죄를 예측할 수는 없겠냐고 되물었다.

아무래도 어렵겠다는 대답이 돌아왔다. 새로이 등장하는 과학기술을 모조리 파악하기는 힘들기 때문이라는 이유였다.

확실히 힘들기는 할 것이다. 하지만 범죄자들은 그러한 기술을 범죄에 응용할 방법을 눈에 불을 켜고 찾는다. 그리고 누군가 한 명이 찾아내면 그 정보는 인터넷을 통해 급속도로 전파된다.

이제 하이테크 범죄자들의 뒤꽁무니만 졸졸 따라다니는 짓은 그만했으면 한다. 가끔은 세상 사람들의 뒤통수를 치려고 획책하는 자들을 앞질러서 범죄를 미연에 방지해주기 바란다.

하지만 아마도 불가능하리라. 콜 백 서비스조차 경찰은 몰랐다. 당연히 범죄자는 알고 있었고, 범죄에 응용할 방법도 찾아냈다.

앞으로 어떤 하이테크 범죄가 발생할지 제일 감을 못 잡는 쪽은 어쩌면 경찰일지도 모르겠다. 왜냐하면 그들은 과학기술 정보에서 아주 멀리 떨어져 있기 때문이다.

《책의 여행자》 2005년 4월호

새삼스럽지만……

왜 이런 제목을 붙였는가 하면 혈액형 이야기이기 때문이다. 정말 새삼스럽다고 핀잔을 들어도 할 말이 없다. 실은 몇 번이나 이 주제를 다루려고 마음먹었지만 어쩐지 겸연쩍어서 뒤로 미루었다. 그럼 왜 이번에는 쓰기로 했느냐. 여전히 혈액형 성격 판단을 믿는 사람이 너무 많은 듯해 히가시노 게이고는 그런 걸 싫어한다는 의사를 분명히 표명해두기 위해서다.

《요미우리신문》이 조사한 바에 따르면 '믿는다'고 대답한 사람이 전체의 17퍼센트라고 한다. '재미삼아 즐기는 정도라면 괜찮다'가 47퍼센트, '비과학적이므로 안 믿는다'는 23퍼센트였다.

결과를 보고 내 눈을 의심했다. 다섯 명 중에 한 명도 안 믿는다고? 그럼 내 주변에서 심심찮게 들려오는 그 대화들은 뭘까. 다들 정말로 재미 삼아 즐기고 있을 뿐일까. 그럼 왜 내가 "혈액형으로 성격을 판단하다니 말이 돼?" 하고 말했을 때 그렇게 발끈하는 거람.

이 조사는 올해 2월에 행해졌다. 실은 작년 가을에 NHK와 민영방송사가 설립한 제삼자 기관 '방송 윤리·프로그램 향상 기구(BPO)'가 당시 늘어났던 혈액형 성격 판단 관련 방송에 경고를 내렸다. 그런 걸 안일하게 단정하면 부당한 차별과 오해를 불러일으킬 수 있으니 주의하라는 뜻이다.

무슨 방송들인지는 나도 안다. 도중에 또 저런 식으로 나온다 싶어 기분이 상해 채널을 돌렸으므로 끝까지 보지는 못했다. '또 저런 식'은 혈액형 성격 판단의 결과에 맞게끔 자료를 적당히 늘어놓거나 비과학적인 실험을 하는 걸 뜻한다.

예를 들면 아이들을 혈액형별로 나누어 같은 지시를 내렸을 때 행동에 무슨 차이가 있는지 관찰한다. 이걸 보고 과학적이라느니 객관적이라느니 말하는 정신머리가 나는 도무지 이해가 안 간다. 게다가 방송 제작진이 제작한 영상이다. 원하는 결과가 나오지 않으면 난처한 사람들이 얼마나 공정하게 만들었을지 의심스럽다.

그래도 나와 비슷한 인상을 받은 사람들이 많았는지 결국 BPO에서 경고를 내렸다. 이 뉴스는 제법 화제가 됐으니 설문조사 결과에도 영향을 주지 않았을까 싶다. 즉 지금은 '혈액형 성격 판단을 믿는다고 하면 몰상식한 사람으로 몰릴 것 같다'는 분위기가 조성되어 대답에 신경을 쓴 것이다.

왜 이렇게 비뚤어진 견해를 내놓느냐 하면 혈액형 성격 판단은 한물가더라도 약 10년 주기로 부활하기 때문이다. 가장 성행했던 1980년대에는 관련 서적이 마구 쏟아져 나왔다. 그때도 학자들이 과학적으로 아무 근거도 없다고 역설해 겨우 열풍을 잠재웠지만, 얼마 지나지 않아 잡지 등에서 또 언급해 다시 득세했다.

덧붙여 1985년에는 미국 잡지 《뉴스위크》에 일본의 혈액형 붐을 비꼬는 기사가 실렸다. '인간의 성격을 유형화하는 새로운 방법이 일본에서 발견됐다'라는 제목으로 일본인은 아무 과학적 근거도 없는 방법을 연애나 채용 시험에까지 활용한다고 소개했다.

그러고 보니 당시 어느 유명한 전자기기 회사가 AB형만 연구 부문에 배치했다는 기사를 읽은 기억이 난다. AB형은 독창적이라고 믿은 임원이 있었으리라. 전자기기

회사의 높은 양반이라고 해서 꼭 과학적으로 엄밀하게 사고하지는 않는 모양이다.

프로스포츠 선수를 혈액형으로 구분해 어떤 혈액형이 어떤 스포츠에 적합한지 분석하는 것도 그 무렵에 유행했다.

이런 유의 데이터를 믿을 수 없는 이유는 대전제부터 엉터리이기 때문이다. 재능의 질과 혈액형의 상관관계를 알아보려 한 건 좋다. 그럼 재능의 질을 어떻게 측정할 것인가. 그러한 통계들에서는 다음과 같이 정의했다.

스모 재능이 있다 = 요코즈나나 오제키가 된다.*

야구 타자 재능이 있다 = 타격왕, 홈런왕, 타점왕을 차지한다.

야구 투수 재능이 있다 = 최다승, 최저 평균 자책점 타이틀을 차지한다.

이러한 정의를 토대로 역대 요코즈나와 오제키의 혈액형을 조사해 '스모에는 A형이 적합하다'라는 식으로 결론을 내린다.

이게 얼마나 엉터리인지는 스모나 야구를 자주 보는

* 요코즈나는 스모의 최고 계급, 오제키는 그다음이다.

사람이라면 금방 알 것이다. 분명 재능 없는 스모 선수는 요코즈나나 오제키가 될 수 없을 테고, 재능 없는 야구 선수가 타격 타이틀이나 투수 타이틀을 차지하기도 어려울 것이다. 하지만 그러한 꿈을 실현하지 못했다고 해서 '재능이 없다'라고 단정하기는 불가능하다. 예를 들어 시애틀 매리너스의 이치로는 일본에서 타격왕으로 군림했다. 그의 재능을 의심하는 사람은 없으리라. 하지만 그 당시 타율 2위였던 선수를 '재능 있는 선수'에 넣지 않는 건 아무리 생각해도 이상하다.

결과만 보고 재능이 있느냐 없느냐 또는 적합하냐 부적합하냐를 판단하는 건 난센스다. 다른 직업도 마찬가지다. 화가나 음악가의 혈액형을 조사해 약간 편향된 결과가 나왔다고 해서 '××형은 예술가에 적합하다'라고 해본들 신빙성은 제로다. 직업을 선택하는 이유는 제각각이며 모두가 본인에게 적합해서 그 직업을 선택하는 건 아니기 때문이다.

내 의견과 비슷한 의견이 혈액형 붐이 일 때마다 나온다. 그래도 붐은 몇 번이고 찾아온다. 그 이유는 인간관계의 복잡함에 기인하지 않을까 싶다. 상대를 이해할 수 없어 힘들 때 단순한 곳에서 이유를 찾으려는 심리다.

그리고 되풀이되는 붐은 우리 잠재의식 속에 깊이 파

고들고 있다. 혈액형 성격 판단을 믿지 않는다고 공언하는 사람도 무의식중에 혈액형으로 상대를 단정하는 경향이 있다는 것이다.

분쿄대학교의 한 교수가 가상 인물의 생활상을 소개한 문장을 읽은 후 그 인물의 인상이 어떤지 적게 하는 실험을 했다. 그리고 그 인물의 혈액형을 A형과 AB형으로 다르게 적은 설문지 두 종류를 준비했다.

혈액형 성격 판단을 믿지 않는다는 학생 약 300명을 대상으로 실험한 결과, 같은 문장을 읽었는데도 'A형' 용지를 선택한 학생은 'AB형' 용지를 선택한 학생보다 가상 인물을 '차분하고 냉정하며 성실하고 신중하다'고 평가했다고 한다.

안 믿는다지만 속설에 영향을 받는다는 사실이 증명됐다고 할 수 있으리라.

반대론자마저 이러니 맹신자들의 고정관념을 바꾸기는 하늘의 별 따기나 다름없다. 예를 하나 들자면, 혈액형 성격 판단을 믿는 우리 누나에게 어느 날 이런 이야기를 해보았다.

"누나는 O형이고 매형은 AB형이잖아. 그럼 아이는 A형 아니면 B형이야. 즉 누나 부부는 부모와 성격이 다른 아이밖에 못 낳는다는 소리인데, 그건 이상하지 않아?"

그러자 누나는 전화 너머에서 목소리를 높였다.

"그렇구나! 요새 아이들 마음을 통 모르겠어서 고민이었거든. 모르는 게 당연하네."

괜한 소리를 했구나 싶어 후회했다.

《책의 여행자》 2005년 5월호

두 가지 매뉴얼

끔찍한 사고가 발생했다. 아마가사키시의 JR후쿠치야마선에서 발생한 탈선 사고다. 이 글을 쓰고 있는 시점에 이미 사망자가 100명을 넘어섰다. 아직 발견되지 않은 사람도 있을 테니 더 늘어날지도 모르겠다. 아마가사키시 체육관에 시신이 안치되어 있다는 뉴스를 보자 10년 전 한신·아와지 대지진이 떠올랐다. 화면에 줄줄이 뜨는 사망자 이름을 설마 아는 사람이 있는 건 아니겠지 하고 긴장된 기분으로 바라보던 것도 그때와 똑같다. 다만 지진과는 달리 이번에는 사고다. 게다가 중대한 과실로 인재가 발생한 게 아닐까 몹시 의심스러운 형국이다.

하지만 사고 원인이 무엇인지 아직 결론이 나오지 않

았으므로 여기서 무책임한 얘기는 하지 않으련다. 대신에 이번 탈선 사고가 일어나기 얼마 전에 발생한 사고를 언급해보고자 한다. 얼핏 보기에 서로 아무 관련도 없어 보이지만, 근본에 흐르는 휴먼 에러의 원천은 똑같지 않을까 의심스럽기 때문이다.

바로 도쿄 오다이바의 오락 시설에서 한 남자가 놀이기구를 타다 추락해 사망한 사고다. 뉴스에서 대대적으로 보도했으므로 아는 사람도 많을 것이다.

놀이 기구는 스카이다이빙을 유사 체험시켜준다는 이른바 절규 계열이었다. 안전바와 안전벨트가 설치된 의자가 위아래로 움직이거나 기울어지며 공포를 맛보여주는 방식이다.

사망자는 다리가 불편했다. 게다가 뚱뚱해서 안전벨트를 맬 수 없었다고 한다. 하지만 담당 직원은 안전바만으로도 안전하다고 생각하고 놀이 기구를 가동했다. 그 결과 남자는 약 5미터 높이에서 떨어져 사망했다.

그 후 남자가 안전벨트를 매지 못한 건 체격 때문이 아니라 앉는 자세가 부적합했기 때문이었음이 판명됐다. 따라서 '정말로 뚱뚱해서 안전벨트를 맬 수 없는 사람'보다 커진 안전바의 빈틈으로 미끄러져 떨어진 것으로 추정된다. 하지만 본질적인 문제는 그게 아니다. 왜 손님이 안전벨트를 매지 않았다는 걸 알면서도 기계를 작동시켰느냐가 중요하다.

운영 회사의 기자회견에서는 아니나 다를까 '두 가지 매뉴얼'이라는 키워드가 부각됐다. 바로 '본사용'과 '현장용'이다.

본사용 매뉴얼에는 안전벨트를 맬 수 없는 경우와 기구 등에 의지해 걸어 다니는 사람은 '탑승을 제한하라'고 되어 있다. 하지만 현장용에는 손님이 꼭 타고 싶다고 하면 책임자에게 확인하고 탑승 여부를 판단하라고 되어 있다. 실제로 안전벨트를 맬 수 없는 손님을 몇 번이나 태웠지만 지금까지는 문제가 없었다고 한다.

본사 사람은 당연히 현장용 매뉴얼이 있는지 몰랐다고 주장했다. 현장에서 멋대로 저지른 짓이라고 책임을 전가하는 눈치다.

정규 매뉴얼과 비정규 매뉴얼—두 가지 매뉴얼이 존재하는 건 일본에서 드문 일이 아니다. 그게 가장 심각한 형태로 표면화된 사례가 도카이무라의 핵연료 가공 회사에서 발생한 임계 사고 아닐까 싶다.

핵연료라는 위험한 물질을 다루는 만큼 제조 공정에 수많은 기준이 존재했다. 한 번에 다루는 양, 제조 순서, 제조에 사용하는 기구와 기계가 전부 엄격하게 규정되어 있었다. 매뉴얼만 준수하면 사고는 결코 일어나지 않을 터였다.

하지만 현장 사람들은 점차 매뉴얼을 무시했다. 정규 용기를 사용해 우라늄 분말을 녹이면 손이 많이 간다며 양동이를 이용했다. 규정량을 지키면 효율이 떨어진다며 대량의 우라늄 용액을 한꺼번에 섞었다. 그때도 규정된 장치로는 일하기 힘들다며 용도가 다른 장치를 사용했다. 이러한 행동이 쌓이고 쌓여 되돌릴 수 없는 임계 사고로 발전한 것이다.

왜 정규 매뉴얼은 지켜지지 않는가. 적당히 편하게 넘어가고 싶기 때문이기도 할 것이다. 하지만 그뿐만은 아니다. 가장 큰 원인은 현장에서 일하는 사람이 정규 매뉴얼을 신용하지 않기 때문이다.

나도 일찍이 생산 라인에서 일한 적이 있다. 당연히 기계에는 다양한 안전장치가 달려 있다. 예를 들면 라인에 걸린 물품을 제거하려고 안전 덮개를 여는 순간 기계가 멈추는 식이다. 하지만 현장에서 바쁘게 일하는 작업자 입장에서는 그러한 안전장치가 너무 거추장스럽다. 일일이 기계를 재가동시키기도 귀찮고, 멈춰 있는 동안 작업이 중단되는 문제도 있다. 그래서 작업자는 안전장치가 작동하지 않도록 조치하고 움직이는 기계 틈새로 손을 넣어

물품을 제거하는 폭거에 나선다. 몇 번이고 되풀이하는 사이에 그게 당연해져 결국 비정규 매뉴얼로 정착된다.

그들은 이렇게 말한다.

"현장을 제대로 알지도 못하는 사람이 만든 매뉴얼을 어떻게 다 따르나? 어차피 국가에서 정한 기준이나 충족시킬 속셈이잖아. 만든 사람도 제대로 지킬 거라고 생각 안 할걸."

현장에서 일하면 효율화를 추구하지 않을 수 없다. 매뉴얼을 지키느라 효율이 떨어지는 걸 체감하다 보면 어차피 이런 건 표면상의 방침에 지나지 않으니 조금 어겨도 상관없다고 자기 합리화를 하고 싶어지는 것이 인지상정이다. 또한 '나는 현장을 잘 안다'는 자존심도 매뉴얼을 경시하는 태도로 이어진다.

한편 정규 매뉴얼을 만든 사람은 어떨까. 국가가 지정한 안전기준을 훌륭하게 충족시켜 어디에 내놔도 부끄럽지 않은 매뉴얼을 현장에 넘겨주고 "이걸 따르라"고 지시하면 자기 할 일은 끝났다고 생각한다.

실은 지시가 제대로 지켜지는지 수시로 확인하지 않으면 안전 대책에 만전을 기한다고 할 수 없다. 사고는 언제나 그런 부분을 소홀히 하는 까닭에 발생한다. 임계 사고도 놀이 기구 추락 사고도 그렇고, 아마가사키시 탈선 사고도 아마 마찬가지 아닐까.

왜 확인 시스템이 기능하지 않는가. 나는 이 문제에 한 가지 의혹을 품고 있다. 바로 일부러 확인하지 않는 것 아니냐는 의혹이다.

즉, 현장 사람이 꿰뚫어 본 것처럼 매뉴얼은 지켜지지 않을 걸 전제로 만들어졌으며, 매뉴얼을 엄수하는지 확인하면 효율이 떨어져 이익이 줄어든다는 걸 매뉴얼 제작자들은 알고 있다. 따라서 확인 시스템도 느슨해지는 것이 아닐까.

만약 그렇다면 공무원들이 안전기준을 아무리 엄격하게 적용해도 효과는 없을 것이다. 매뉴얼 제작자가 기준에 의거해서 만든 매뉴얼을 현장에 배포하고 매뉴얼에 따르라고 지시는 할 것이다. 하지만 현장 사람이 과연 그 지시에 얌전히 따를까.

안전기준이 엄격한 매뉴얼은 당연히 작업자들의 손발을 묶는다. 모든 작업이 번잡하고 성가셔질 것이다. 당연히 효율도 떨어진다.

그들은 분명 새로운 비정규 매뉴얼을 만들어나갈 것이다. 그리고 또 사고가 발생한다. 공무원들이 아무리 엄격한 기준을 적용해도 효과는 없다. 정규 매뉴얼과 비정규 매뉴얼의 차이가 커질 뿐이다.

그럼 어떻게 하면 될까. 방법은 하나뿐이다. 안전을 중시하는 자세를 급료에 반영하는 것이다. 평가하기는 어렵겠지만 그런 수라도 써야 이런 유의 사고가 줄어들 것이다.

하기야 안전을 경시해서라도 효율을 중시하겠다는 게 기업의 본심이라면 더 이상 방도가 없겠지만.

《책의 여행자》 2005년 6월호

42년 전 기억

HMV라는 말을 들으면 뭐가 떠오르는가. 아무 생각도 안 난다면 정서가 좀 메마른 사람이다. 아니면 너무 바쁘든가. 가끔은 음악이라도 들읍시다. 구입하지 않더라도 음악을 들어볼 수 있는 음반 매장은 여기저기 많다고요.

그렇다, HMV 하면 음반 매장이다. 영국 EMI 그룹의 레코드 판매점이다. 일본에서는 1990년에 설립된 HMV 재팬의 점포를 가리킨다.

그걸 누가 모르냐는 거기 당신, 그럼 HMV가 무엇의 약자인지도 알고 있을까. 정답은 His Master's Voice다. 직역하면 '그의 주인 목소리'가 된다. 그렇다면 '그'는 누구일까.

괜히 뜸들이며 거들먹거리는 건 좋아하지 않으므로 바로 정답을 밝히겠다. 정답은 니퍼다.

그게 누구냐는 목소리가 들려오는 것 같다. 그야 그렇겠지. 주변 사람에게 물어봐도 아무도 몰랐다.

빅터 마크를 아는가? 축음기 스피커에 귀를 기울이고 있는 개를 형상화한 마크다. 그 개의 이름이 니퍼고, 마크의 원화에 붙여진 제목이 His Master's Voice다.* 그 축음기에서 니퍼의 주인 목소리가 나오고 있다는 설정이다.

이 이야기를 아는 사람은 얼마 없지 않을까 싶다. 하지만 나는 42년이나 전부터 알고 있었다. 당시 다섯 살이다. 우리 집에는 레코드도 없었다. 레코드를 들을 기계가 없었기 때문이다. 그런데 어떻게 알고 있었을까.

우리 집에 레코드플레이어는 없었지만 텔레비전은 있었다. 물론 흑백이지만 내게는 마법 상자였다. 부모님이 장사를 하시느라 바빴으므로 나는 매일 텔레비전만 보며 지냈다. 특히 외국 애니메이션을 좋아했다.

어느 날 평소처럼 텔레비전 앞에 앉아 어떤 영상을 보고 있었다. 역시 애니메이션이었다. 하지만 방송 프로

* 미국의 '빅터 토킹 머신(현 RCA레코드)'과 일본의 자회사 '일본 빅터 주식회사(현 JVC켄우드)', HMV 등에서 니퍼가 그려진 His Master's Voice를 트레이드마크로 사용한다.

그램은 아니었다. 당시에는 그게 뭔지 몰랐다.

여기서부터는 당시 기억을 그대로 써보겠다.

일단 화면에 개와 남자가 나온다. 즐겁게 노는 모습이다. 그런데 남자가 개를 놔두고 떠난다. 내 기억 속에서는 전쟁에 나간 걸로 되어 있다. 전투기를 타고 다니다가 결국 전사한다.

주인을 잃고 쓸쓸하게 지내는 개의 귀에 그리운 목소리가 들린다. 주인 목소리다. 주인이 전투기 무선으로 축음기에 자기 목소리를 녹음해둔 것이다.

개는 주인의 모습을 찾지만 어디에도 없다. 이윽고 개는 축음기 스피커에서 소리가 들리는 걸 알아차리고 거기 주인이 있나 들여다본다.

그게 앞서 말한 빅터 마크다.

우리 집에 레코드는 한 장도 없었지만 빅터 마크는 본 적이 있었다. 근처 전기 제품 판매점 앞에 그 개를 본뜬 커다란 장식품이 놓여 있었기 때문이다. 후지야의 페코 짱 인형*과 비슷한 역할이었으리라.

아아, 이게 그 마크의 유래였구나. 다섯 살이었던 나는 그렇게 이해했다. 42년간 변함없이 간직해온 기억이

* 일본 제과 회사 후지야의 마스코트 캐릭터.

다. 가끔 그 기억이 떠오를 때마다 그 애니메이션을 한 번 더 보고 싶었다. 하지만 그 이후로 한 번도 못 봤다.

초등학교, 중학교, 고등학교, 대학교를 다니며 친구가 바뀔 때마다 이 이야기를 했다. 내 또래라면 그 애니메이션을 봤을 것 같았기 때문이다. 하지만 안다는 사람은 없었다.

사회인이 되고 나서도 매한가지였다. 나는 점차 자신이 없어져 꿈을 꾼 게 아니었을까 의심하게 됐다.

그 뒤로 가슴속에만 품고 있다가 요전에 어떤 편집자와 술을 마실 때 오랜만에 이 일화를 꺼내놓았다. 그는 30대 초반이라 42년 전에는 태어나지도 않았다. 그 애니메이션을 알 턱이 없었다.

당연히 그는 "처음 들어보는 이야기네요" 하고 대답했다. 그럴 줄 알았으므로 딱히 낙담은 하지 않았다.

"하지만 꿈이나 환각 같지는 않고요. 다섯 살이셨잖아요? 꿈을 바탕으로 만들어낸 이야기치고는 완성도가 너무 높아요. 설령 히가시노 씨가 작가 재능을 타고나셨더라도 그 나이에 그 정도까지는."

"내 생각도 그래. 그럼 그건 대체 뭐였을까."

"알겠습니다. 일본 빅터에 다니는 친구가 있으니 나중에 한번 물어볼게요."

그날 밤은 거기까지였다. 솔직히 별로 기대는 안 했다. 편집자가 약속을 어길 사람은 아니었지만 술자리에서 나온 이야기였고, 정말로 친구에게 물어본들 모르겠다는 대답밖에 더 나오겠는가 싶었다. 친구라면 나이가 비슷할 테니 역시 그 애니메이션을 알 턱이 없었다.

그런데 얼마 후에 편집자에게서 해당하는 애니메이션을 찾은 것 같다는 연락이 왔다. 광고로 제작된 영상인 모양이다. 빅터에 다니는 친구가 찾아주었다고 한다.

"1963년 작품이니 시기도 딱 들어맞습니다. 다만 내용이 히가시노 씨 말씀과는 약간 다른 것 같은데요."

일단 비디오테이프를 보내주겠다고 했다.

배달된 비디오를 재생해보고 놀랐다. 그림체가 내 기억과는 많이 달랐다. 내 기억 속 정밀한 그림과는 달리 조잡한 느낌이었다.

그리고 스토리도 달랐다. 광고에서 니퍼의 주인은 처음부터 없었고, 같이 놀던 사람은 예전 주인의 남동생인 프랜시스 배로였다. 하지만 전 주인을 잊지 못하고 쓸쓸해하는 니퍼를 위해 프랜시스는 축음기에 녹음해두었던 전 주인의 목소리를 틀어준다. 기뻐하며 그 목소리에 귀를 기울이는 모습을 화가 프랜시스가 그림으로 그렸다는 내용이었다.

비디오를 다 본 후 나는 고개를 갸웃했다. 이게 아니었다는 기분이 강했다. 그림체가 기억과 다른 건 큰 문제가 아니다. 중요한 사실은 니퍼의 전 주인이 거의 나오지 않았다는 것이다. 전투기를 탔다는 이야기도 없었다.

이상하다 생각하면서 비디오를 몇 번 다시 돌려보다 흠칫 놀랐다. 광고에 들어간 여자의 내레이션 중에 이런 대목이 있었다.

"그 후 비행기에서 목소리가 들릴 때마다 니퍼는 주인인 줄 알고 귀를 기울였습니다."

비행기? 분명 비행기라고 그랬는데.

하지만 그게 아니었다. 내레이터는 '비행기'가 아니라 '축음기'라고 했다. 녹음 상태가 좋지 않아 '비행기'로 들린 것이다.*

드디어 수수께끼가 해결됐다. 분명 42년 전에도 내 귀에는 '비행기'라고 들렸으리라. 비행기에 타고 있는 주인의 목소리가 스피커에서 나왔다고 해석한 게 틀림없다. 비행기를 몰고 다니는 사람이 죽었다는 것에서 전사를 연상한 것도 타당하게 느껴진다.

그러한 전제 아래 다시 광고를 보자 내 기억과 완벽

* 일본어에서 비행기는 '히코키', 축음기는 '지쿠온키'로 발음한다.

하게 일치했다. 당시 나는 프랜시스를 전 주인이라고 해석했던 모양이다. 그리고 그가 그림을 그리는 모습을 전 주인이 전투기를 조종하는 모습으로 착각한 것 같다. 캔버스에 상반신이 가려져 조종석에서 고개를 내밀고 있는 것처럼 보였겠지. 그가 쓴 베레모를 조종사가 쓰는 모자로 착각했고.

틀림없었다. 42년 전에 본 영상은 이거였다.

그나저나 인간의 기억은 참 신기하다. 착각에는 이유가 있고, 세월이 흘러도 그 이유를 찾기가 가능하다.

이야기를 잘 읽어놓고 댁의 지능이 다섯 살 때와 별반 다를 바 없어서라고 꼬집는 건 금지다.

그런데 다시 조사해보니 프랜시스는 전 주인의 친동생이 아니라 사촌 동생인 모양이다. 애니메이션에서는 그림을 보고 감동한 빅터 사람이 회사의 마크로 삼았다고 나왔지만, 실제로는 프랜시스가 팔았다고 한다. 낭만이 없는 이야기지만 뭐, 현실은 그런 법이지.

《책의 여행자》 2005년 7월호

어떻게 될까?

다들 2000년 문제를 기억하고 있을 것이다. 컴퓨터에 내장된 시계는 연도를 두 자릿수로 표시하므로 2000년이 되면 1900년으로 판단해 온갖 시스템이 혼란에 빠진다는 것이다. 덕분에 은퇴한 프로그래머들까지 대거 동원돼 1999년 마지막 날까지 프로그램 수정에 매달렸다. 당시 오부치 게이조 총리가 "사흘간은 되도록 외출하지 말라"고 당부하는 바람에 여행객이 격감했고, 많은 업종이 피해를 입었다.

대기업 컴퓨터 부문에서 일하던 친구는 별일 없을 것이라 예언했다. '비행기가 추락한다'느니 '병원 기기가 고장 난다'느니 난리를 치는 매스컴을 보면서도 왜 저런 예측을 하는지 통 모르겠다고 했다.

하지만 세상은 술렁였다. 난리를 치는 사람들이 대부분 컴퓨터에는 비전문가였다는 걸 모르고 다들 허둥댔다. 당시 어떤 에너지 심포지엄에 참석했을 때 이런 일이 있었다. 나중에 국회의원이 된 어떤 국제정치학자가 2000년 문제의 위험성에 대해 열변을 토한 후 "나는 새해가 밝는 순간부터 일주일간 밖에 안 나갈 겁니다. 이미 그동안 먹을 것도 마련해놨어요" 하고 선언했다. 그는 새해가 밝자마자 사무실 컴퓨터를 켜고 분명히 발생했을 대혼란에 관한 정보를 얻으려 했지만, 예상과 달리 별다른 일은 없었다. 그 모습은 텔레비전에도 방영됐다. 아무 일도 일어나지 않았으니 기뻐해야 마땅하겠지만 그의 표정은 시원치 않았다.

자, 지금 비슷한 문제로 컴퓨터 시스템 분야가 술렁이고 있다. 이번에는 2007년 문제인 모양이다. 하지만 그 해가 되자마자 문제가 터지는 건 아니고, 2007년은 하나의 상징이다. 무엇을 상징하느냐, 바로 어떤 세대의 은퇴 시기다. 소위 '단카이 세대'*의.

어려운 부분은 잘 모르지만 내 나름대로 2007년 문

* 1947년에서 1949년 사이에 태어난 일본의 베이비붐 세대를 가리킨다.

제를 설명하자면 다음과 같다. 현재 각 분야에서 사용되는 컴퓨터 시스템 중에는 몇십 년 전에 토대를 구축한 것이 많다. 단카이 세대를 중심으로 한 베테랑들은 그 토대에 정통하지만 젊은 IT 기술자들은 잘 모른다. 세세한 이유야 많겠지만 한마디로 정리하자면 영역을 구분해 서로 침범하지 않았기 때문이다. 선배들은 "이 부분은 내가 제일 잘 알아. 이걸 후배에게 전수하면 내 존재 가치가 없어져"라는 생각이었을 테고 후배들은 "과거의 유물을 관리하는 건 딱 질색인데"라는 심경이었으리라. 그리고 회사의 높은 양반들은 대개 지금 현재 잘 돌아가고 있으면 그걸로 됐다고 방심하는 법이다.

그런데 2007년이 되면 베테랑들이 우르르 은퇴하기 시작한다. 시스템의 근간에 정통한 사람들이 사라지는 셈이다. 2000년 문제 때처럼 무슨 일이 발생할지 확실하지는 않다. 엄청난 말썽이 생길지도 모르고, 어쩌면 아무 일 없을지도 모른다. 그조차 예상이 안 되는 게 2007년 문제의 골치 아픈 점이다.

이는 사실 컴퓨터 시스템 분야만의 문제점이 아니다. 모든 업종, 특히 제조업에도 비슷한 위험성이 내포되어 있다.

수작업 분야에서 장인의 기술이 전승되지 않으면 어

떻게 될지 보통 상상이 갈 것이다. 예를 들어 니가타현의 요이타마치는 끌과 대패 등의 연장을 만드는 대장간 마을로 유명한데, 20년 전만 해도 400명 가깝던 장인들이 이제 100명 정도로 줄었다. 그것도 고령자가 대부분이다. '에치고요이타우치하모노'*가 사라지는 건 시간문제다. 다른 전통 공예품들 역시 일본에서 사라질 위기에 처했다.

하지만 그게 자신의 생활에 영향을 끼치리라 생각하는 사람은 얼마 안 된다. 현재는 불필요하니까 도태되는 거라고 단순하게 받아들인다.

분명 현대 과학기술로 대체할 수 있는 전통 공예품도 있다. 하지만 전통 공예품이 귀중한 건 '전통' 때문만은 아니다. 그 속에 담긴 장인들의 지혜와 기술 때문이다. 그리고 그 지혜와 기술은 공예품을 만들 때만 유용한 게 아니다. 모든 분야에, 극단적으로 말하면 하이테크 기술을 완성시킬 때 도움이 되기도 한다.

신의 솜씨라고밖에 표현할 길이 없는 기술을 지닌 사람들이 과학기술을 만들어내는 현장에도 존재한다. 예를 들어 발전설비에 많이 이용되는 증기터빈은 날개 끝부분에 스텔라이트라는 내열합금을 납땜해서 연마하는데, 마

* 越後与板打刃物, 니가타현 나가오카시 요이타 지역에서 만들어지는 철물을 가리키는 말.

이크로 수준이라 할 만큼 미세 가공이지만 실은 하이테크 기기가 아니라 연마 기술자가 수작업을 한다.

그러한 장인들이 지금도 다양한 제조 현장에서 활약하고 있다. 지금까지 일본의 과학 제품은 그들이 떠받쳐 왔다고 해도 과언이 아니다.

오랜 경험으로 축적된 기술과 지식을 수치화해서 컴퓨터에 저장시키려는 시도가 지금까지 몇 번인가 있었다. 1980년대 중반 AI(인공지능)라는 말이 널리 퍼졌을 무렵 전문가 시스템이라는 것이 주목을 받았는데, 말 그대로 달인의 기술을 컴퓨터 시스템으로 구축해보자는 시도였다. 달인이 많이 의존하는 '감'의 정체를 규명하고자 KE knowledge-engineer라는 전문가까지 나타났다.

하지만 이 시도는 성공적이었다고 보기 힘들었다. 보통 사람의 감각으로는 장인들의 '감'을 이해할 수 없었기 때문이다. 그리고 대부분의 경우 장인 본인도 설명이 불가능하다.

가까운 예를 하나 들겠다. 시계공이자 안경사인 우리 아버지는 사람 눈만 보고도 시력이 어느 정도인지 가늠한다. 안구 모양, 눈의 움직임 등으로 알 수 있다는데, 결국은 "그냥 보면 어쩐지 감이 온다"고 한다.

요즘은 컴퓨터를 사용한 검안 기술이 확립돼 별다른

경험 없이도 각자에게 맞는 안경을 만들어줄 수 있다. 아버지도 필요한 사람의 눈에 딱 맞는 안경을 만들 수 있으니 그건 그것대로 좋다고 한다. 하지만 아버지가 만든 안경이 아니면 안 된다며 찾아오는 손님도 많다. 컴퓨터로 만든 안경을 끼면 눈이 피곤하고 잘 보이지도 않는다는 모양이다.

딱 맞는 안경일 텐데 왜 그럴까. 아버지의 대답은 간단했다. '기분 탓'이란다.

실은 잘 보이는데 잘 안 보이는 듯한 기분이 들 뿐이라는 것이다.

하지만 이 '기분 탓'은 안경 제작에 무시할 수 없는 요소다. 아버지 말씀은 이렇다.

"안경은 안심하고 쓸 수 있느냐 없느냐가 중요해. 시력 검사할 때랑 일상생활에서 볼 때랑은 미묘하게 차이가 있거든."

아버지는 안경을 만들 때 손님이 뭔가 볼 때의 자세와 눈의 움직임을 세심하게 확인한다. 덧붙여 생활양식과 어떤 경우에 잘 보이면 좋겠고 어떤 경우에는 좀 안 보여도 괜찮은지도 물어본다. 뭉뚱그려 설명하자면 그 사람의 일상생활에 맞는 안경을 만드는 것이다. 그 결과, 좀 안 보여도 잘 보이는 것처럼 본인은 느낀다. 안경에는 그런 게

0.1
0.3

중요하다는 것이 아버지의 지론이다.

그리고 이러한 노하우는 역시 남에게 전수하기가 힘들다. 컴퓨터 프로그램에는 포함시킬 수 없는 요소다.

아버지는 작년에 가게 문을 닫았다. 아버지의 안경을 써온 사람들은 앞으로 애를 먹겠지. 아무도 전수받지 못하고 기술의 대가 끊겨 아쉽다.

왜 끊겼느냐, 물론 아들이라는 놈이 이 모양이니까.

《책의 여행자》 2005년 8월호

책은 누가 만드는가

드디어 마지막 회다. 원래는 과학을 소재로 이 코너를 꾸려나갈 생각이었지만, 되돌아보니 목표로 했던 글은 별로 못 쓴 것 같다. 프로야구 리그 재편성으로 때운 회도 있다. 뭐, 하지만 매번 나름대로 진지하게 생각해서 쓰니까 용서해주기 바란다.

자, 마지막도 뻔뻔하지만 과학과는 전혀 무관한 이야기를 하겠다. 책 이야기다.

책은 대체 누가 만들까. 인쇄소와 제본소 사람들? 아니, 그런 게 아니라 누구 덕분에 책을 만들 수 있느냐는 뜻이다.

책은 공짜로 만들 수 없다. 누군가에게 제작비를 받

아야 한다. 그럼 누구에게 받을까. 두말할 필요도 없이 서점에서 책을 사는 사람들이다. 하지만 아직 완성되지 않은 책에 돈을 지불하는 독자는 없다.

따라서 돈은 다음과 같은 경로로 순환된다.

독자가 서점에서 책을 산다 ☞ 책값이 서점을 경유해 출판사로 들어간다 ☞ 출판사는 경비 등을 제한 이익으로 작가에게 인세를 지불한다 ☞ 작가는 그 돈으로 생활하며 다음 소설을 쓴다 ☞ 작가가 원고를 출판사에 넘긴다 ☞ 출판사는 원고를 책으로 만들어 서점에 배부한다 ☞ 서점에 책이 진열된다 ☞ 독자가 서점에서 책을 산다

책을 둘러싼 돈의 흐름은 위와 같다. 그 밖에는 아무것도 없다. 출판사도 작가도 서점에서 책을 사준 사람들 덕분에 연명하고 있다.

예를 들어 도서관 책을 몇백 명이 읽어본들 출판사와 작가들에게는 돈이 한 푼도 되지 않는다.

또한 북오프 같은 중고 서점에서 책이 얼마나 팔리든 출판사나 작가와는 무관하다.

책 한 권에서 남는 작은 이익이 오밀조밀하게 쌓여서 출판업계를 지탱한다. 하지만 늘 흑자가 나지는 않는다.

기대한 만큼 팔리지 않으면 당연히 적자다. 그리고 소설에 한정하면 이익이 난다고 할 만큼 흑자를 기록하는 책은 한 줌밖에 안 된다. 출판사는 수많은 책을 적자를 각오하고 내고 있다. 안 팔릴 게 뻔한 작가에게도 일을 의뢰해 원고료와 인세를 지불한다. 왜일까.

미래에 투자하는 것이다.

작가의 세계는 스모베야[*]와 똑같다고 생각한다.

아는 사람은 알겠지만 스모 선수는 주료 이상이어야 급료를 받을 수 있다.[**] 이른바 세키토리[***]다. 마쿠우치[****]가 되면 급료가 오르고, 산에키,[*****] 오제키, 요코즈나 순서로 점점 올라간다.

하지만 스모베야에는 주료로 승급하지 못한 선수들도 많다. 당연히 그들은 무급이다. 스모베야에서 그들을 부양하는 데 필요한 돈은 기본적으로 스모협회에서 지원한다.

그럼 그 돈은 누가 벌었을까.

그야 마쿠시타와 산단메도 경기는 치른다. 하지만 아

* 합숙하며 스모 선수를 양성하는 기관.

** 스모는 열 계급으로 나뉘는데, 요코즈나, 오제키, 세키와케, 고무스비, 마에가시라, 주료, 마쿠시타, 산단메, 조니단, 조노구치 순서다.

*** 스모에서 주료 이상의 선수를 가리키는 총칭.

**** 대전표의 최상단에 이름이 실리는 선수를 가리키며 마에가시라 이상이다.

***** 오제키, 세키와케, 고무스비의 총칭.

쉽게도 대부분의 손님들은 그들의 경기를 보려고 요금을 낸 게 아니다. 볼거리는 역시 주료 이상의 경기다.

즉, 요코즈나를 비롯한 세키토리들이 열심히 손님을 불러 모은 덕분에 협회에 돈이 들어오고, 그 돈으로 주료 미만의 선수들을 키울 수 있는 것이다.

작가의 세계도 이와 같다.

데뷔한 지 얼마 되지 않았을 무렵 한 편집자와 있었던 일이다. 그가 일하는 출판사에서 내 책이 나왔지만, 얼마 찍지 않은 초판조차 다 소화하지 못하고 남아 있는 상황이었다.

내가 책이 안 팔려서 미안하다는 취지의 말을 하자 그는 웃으며 손사래를 쳤다.

"히가시노 씨 책으로 돈 벌 생각은 없어요. 우리한테는 니시무라 교타로 씨와 아카가와 지로 씨 책이 있으니 그걸로 벌면 되죠. 히가시노 씨 책이 좀 팔려본들 어차피 그 선생님들 책으로 벌어들이는 수익의 오차 범위 정도에 불과한걸요."

아주 무례하다 싶었지만 지금 생각해보면 그의 의견이 옳았다. 나중에 시험 삼아 계산해보고 알았는데, 당시 내 책의 발행 부수로는 흑자를 내봤자 고작 편집자 한 명의 급여를 충당할 정도밖에 안 됐다.

나는 아카가와 지로 작가님과 니시무라 교타로 작가님 덕에 책을 낼 수 있었다. 그분들이 이익을 냈기에 출판사는 언젠가 이 사람도 이익을 낼지 모른다는 기대를 담아 나처럼 안 팔리는 작가에게도 일을 준 것이다. 물론 나만 특별 대우를 받은 것은 아니고, 사정이 비슷한 작가들이 많았다. 스모베야에 무급으로 소속된 많은 선수들과 똑같다. 출판사는 훗날 아카가와 지로나 니시무라 교타로 같은 요코즈나가 한두 명이라도 나오길 기대하며 수많은 신인 작가들에게 투자한 것이다.

그로부터 20년 가까이 지난 지금, 나도 드디어 세키토리에 끼게 됐다. 출판사가 내 책을 팔아 돈을 많이 벌고 그 수입을 신인 작가에게 투자하는 선순환이 이루어지면 더 바랄 나위가 없다.

그런데 지난 20년간 출판업계를 둘러싼 환경이 격변했다. 도서관이 이용자의 요청에 응해 베스트셀러를 척척 들여놓았고, 북오프에 따끈따끈한 신간이 진열됐다.

그게 뭐가 나쁘냐는 목소리가 들려오는 것 같다. 이용자와 소비자에게 이득이니 좋은 것 아니냐고.

원하는 책을 공짜로 읽고 싼값에 구입하면 독자 입장에서는 기쁘리라. 하지만 처음에 말했듯이 도서관과 북오프가 아무리 흥해도 출판업계에는 땡전 한 푼 돌아오지 않는다.

물론 도서관과 북오프를 이용하는 사람들이 거기가 없어진들 서점에서 신간을 사지는 않을 것이다. 공짜 또는 싼 맛에 이용한다는 건 나도 안다.

하지만 부탁이 하나 있다. 도서관과 북오프에 있는 책을 만드는 데 누가 돈을 지불했는지, 그것만은 잊지 말았으면 한다.

세금도 북오프 매출도 책 제작과는 무관하다. 도서관을 두고 '세금으로 유지된다'는 사람들이 있는데, 세금만으로는 유지할 수 없다. 가장 중요한 책 없이는 빈 건물에 불과하다.

이 세상에 새 책이 나오는 건 서점에서 돈을 내고 책을 사는 독자들 덕분이다. 도서관과 북오프에 책이 있는 건 그 사람들이 책에 돈을 쓰기 때문이다.

여기서 제도 개혁을 주장할 마음은 없다. 그럴 만한 지면도 없다. 하지만 이 말은 하고 넘어가자. 어쩌다 실수로라도 도서관과 북오프 이용을 '현명한 소비 생활'이라고 생각하지는 마시라. 그건 출판업계를 지탱하는 구매 독자들을 모욕하는 짓이다.

《책의 여행자》 2005년 9월호

옮긴이의 말

일본에서 책이 어마어마하게 출간된 작가 하면 아카가와 지로와 니시무라 교타로를 들 수 있다. 아카가와 지로는 2015년에 580작품, 니시무라 교타로는 2017년에 596작품을 돌파했다고 한다. 평생 책을 500권도 채 못 읽는 사람이 적지는 않을 듯한데, 그러고 보면 참 대단한 창작력으로 꾸준히 집필 활동을 해왔구나, 하고 감탄하게 된다.

그러나 한국에서 가장 많은 책을 출간한 일본 작가는 이 두 사람이 아니다. 주인공은 바로 히가시노 게이고. 일본 문학을 즐겨 읽지 않더라도 그의 이름 한 번쯤은 들어보았을 것이다.

히가시노 게이고는 1985년 『방과 후』로 제31회 에도

가와란포상을 수상하며 데뷔한 이래 34년간 무려 90여 권의 작품을 써냈고 그 대부분이 국내에 출간됐다. 히가시노 게이고의 책만으로도 서점의 서가 몇 칸을 채울 수 있을 정도다. 하나 그 모든 책이 소설은 아니다. 동화도 한 권 썼고, 에세이도 다섯 권이나 썼다. 이 책 『사이언스?』는 에세이 중 하나다.

'기술자 출신 이과 작가가 풀어놓는 과학에 관한 이모저모.' 일본 아마존은 이 책을 이렇게 소개했다. 그래서 처음 책을 받아 들었을 때는 적잖이 당황스러웠다. 이과? 과학? 에세이라면서? 난 전형적인 문과라 과학은 쥐약인데?

그러나 걱정과는 달리 첫 번째 에세이 「유사 커뮤니케이션의 함정 1」을 읽자마자 나는 이 책에 푹 빠져들었다. 뭔가 정곡을 콕 찔린 기분이라고 할까(남자들은 더 그럴 것이다), 취향을 저격당했다고 할까, 이 정도면 이과는 물론 문과 출신 독자들도 재미있게 읽을 수 있겠다는 생각이 들었다.

과학에 대한 언급이 전혀 없지는 않다. 그러나 어디까지나 향신료 수준일 뿐 온전한 과학 이야기는 아니다. 과학적이면서도 과학적이지 않고, 이과 이야기 같지만 문과 이야기이기도 하다. 굳이 따지자면 인간의 삶에 대한 이야기라고 할까.

이 책은 2003년부터 2005년 사이에 《다이아몬드 LOOP》와 《책의 여행자》라는 잡지에 연재한 짧은 에세이를 묶은 것이다. 무려 15년이나 전에 쓴 글이지만 그 안에 담긴 히가시노 게이고의 통찰력은 전혀 낡지 않았다. 유머러스하고 가벼우면서도 약간은 따끔하기도 한 그의 말들은 현재 우리 삶과 현실에 대입시켜도 무방하다.

덧붙여 히가시노 게이고 본인의 삶도 살짝살짝 묻어난다. 창작 스타일이나 야구 이야기, 몇십 년 전 기억 등 소설만 읽어서는 알 수 없는 히가시노 게이고 본연의 모습이 '아아, 이 책은 칼럼이 아니라 에세이가 맞는구나' 하는 인상을 전해준다.

그렇듯 짤막하면서도 알맹이는 꽉 찬 에세이가 28편이나 수록되어 있다. 28조각을 모두 맞춘다고 해서 히가시노 게이고라는 큰 그림이 완성되지는 않겠지만, 우리가 한 번도 본 적 없었던 히가시노 게이고라는 사람의 단면을 슬쩍슬쩍 엿보는 기회가 될 것이다.

히가시노 게이고의 새로운 매력을 보여줄 이 독특한 에세이에 독자 여러분도 푹 빠져보시기 바란다.

2019년 12월

김은모

옮긴이 김은모

경북대학교 행정학과를 졸업했다. 일본어를 공부하던 도중 일본 미스터리의 깊은 바다에 빠져들어 헤어나지 못하고 있다. 아직 국내에 알려지지 않은 다양한 작가의 작품을 소개하고자 노력하고 있다. 옮긴 책으로는 고바야시 히로키의 『Q&A』, 이사카 고타로의 『화이트 래빗』, 미치오 슈스케의 『투명 카멜레온』『달과 게』, 미야베 미유키의 『비탄의 문』, 이마무라 마사히로의 『시인장의 살인』, 고바야시 야스미의 『앨리스 죽이기』, 미쓰다 신조의 〈작가 시리즈〉, 아비코 다케마루의 〈하야미 삼남매 시리즈〉 등이 있다.

사이언스?
지은이 히가시노 게이고
옮긴이 김은모
펴낸이 김영정

초판 1쇄 펴낸날 2020년 1월 15일
초판 2쇄 펴낸날 2020년 2월 21일

펴낸곳 (주)현대문학
등록번호 제1-452호
주소 06532 서울시 서초구 신반포로 321(잠원동, 미래엔)
전화 02-2017-0280
팩스 02-516-5433
홈페이지 www.hdmh.co.kr

ISBN 978-89-7275-146-5 03830

* 책값은 뒤표지에 있습니다.
* 이 도서의 국립중앙도서관 출판예정도서목록(CIP)은 서지정보유통지원시스템 홈페이지(http://seoji.nl.go.kr)와 국가자료종합목록 구축시스템(http://kolis-net.nl.go.kr)에서 이용하실 수 있습니다. (CIP제어번호: CIP2019051780)